Oma Josie

JOSIE SCHUBERT

Oma Josie im Wilden Westen

Reiseroman

Bibliografische Information der Deutschen Nationalbibliothek
Die Deutsche Nationalbibliothek verzeichnet diese Publikation
in der Deutschen Nationalbibliografie; detaillierte bibliografische
Daten sind im Internet über http://dnb.d-nb.de abrufbar.

© 2021 Josie Schubert
Coverabbildungen: pikisuperstar / freepik / via freepik
Umschlaggestaltung, Satz, Herstellung und Verlag:
BoD – Books on Demand, Norderstedt

ISBN: 978-3-7543-0821-9

Inhalt

Luzi und ich — 11

Reisevorbereitungen — 20

Los geht's — 24

Ankunft in Las Vegas — 31

Der erste Abend in Las Vegas — 37

Ausflug zum Grand Canyon — 46

Zwischenfall im Hotel Venetian — 53

Weiter geht es zum Bryce Canyon — 64

Ab zum Monument Valley — 71

Luzis Malheur am Monument Valley — 78

Flagstaff und Sedona — 85

Auf der Route 66 nach Las Vegas — 92

Hofbräuhaus in Las Vegas — 95

Gangsterjagd auf dem Highway — 99

Ausruhen im Sequoia-Nationalpark — 111

Von Tulare nach Mariposa — 119

Yosemite-Nationalpark	123
Bonanza-Stadt: Virginia City	128
Lake Tahoe	136
Vom Lake Tahoe nach San Francisco	139
Der erste Tag in San Francisco	150
Hippie-Festival in San Francisco	156
Bei Clint Eastwood in Monterey	170
Highway One bis Santa Barbara	176
Schönes Santa Barbara	181
Von Santa Barbara nach Los Angeles	185
Tag 1 in Los Angeles	195
Tag 2 in Los Angeles	204
Zurück nach Las Vegas – und ab ins Casino	212
Ab nach Hause	220

Ich fuhr mit der erlaubten Höchstgeschwindigkeit von 110 Kilometer pro Stunde, Kevin im Fahrzeug hinter uns auch. Rasch näherten wir uns der Ausfahrt des Highways. Als sie neben uns auftauchte, lenkte ich den Jeep scharf nach rechts und schaffte es gerade noch, abzufahren. Kevin konnte nicht rechtzeitig reagieren und rauschte an der Ausfahrt vorbei.

Dann hörten wir die Räder seines Wagens quietschen.

Emma schaute sich um. »Kevin fährt auf dem Highway rückwärts! Er wird uns folgen. Ich habe Angst.«

»Ach was. Du brauchst keine Angst zu haben. Josie macht das schon«, wollte Luzi sie beruhigen.

Durch Luzis Lob fühlte ich mich gebauchpinselt. Das stachelte mich in meinem Handeln noch mehr an.

Ich fuhr auf eine Straße, die parallel zum Highway 50 verlief. Laut NAVI befanden wir uns kurz vor Sacramento, der Hauptstadt Kaliforniens. In der Ferne sahen wir bereits die Wolkenkratzer der Metropole.

Kevin war uns inzwischen dicht auf den Fersen.

»Oh, mein Gott! Wir schaffen es nicht. Die haben uns gleich«, unkte Emma.

Doch ich wiegelte ab.

»Macht euch keine Sorgen. Eure Josie hat einen Plan. Haltet euch mal kurz fest!«

Wir näherten uns einer Tankstelle. Ich sah, dass sie menschenleer war, und steuerte direkt auf sie zu. Auf dem Gelände der Tankstelle schlug ich einen Haken nach links, genau zwischen zwei Zapfsäulen hindurch.

Im Rückspiegel sah ich, dass Kevin es mir nachmachen wollte. Doch er hatte Pech und rammte eine Tanksäule, die sofort in Flammen aufging, und mit ihr auch der Wagen von Kevin.

Alle drei Insassen wurden herausgeschleudert. Aber sie lebten noch. Mit brennender Kleidung rannten sie, einer Fackel gleich, in die Waschstraße. Dann verlor ich sie aus den Augen.

Wie alles begann

Luzi und ich

Ich heiße Josie. Josie Schubert. Ich lebe in einem kleinen Ort in Deutschland. Eigentlich lautet mein vollständiger Vorname Josephine, aber alle nennen mich nur Josie. Josephine klingt mir zu brav und außerdem wie eine alte Frau. Dabei bin ich gerade mal 75 Jahre! Kein Alter für eine Frau, die noch voller Tatendrang und Unternehmungsgeist steckt.

Als Kind nannte mich meine Mutter immer Jo. Den Spitznamen Josie bekam ich von meinem Mann. Er war ein großer Peter-Maffay-Fan und das Lied »Josie« war sein Lieblingslied. Ich fand immer, dass der Text überhaupt nicht zu mir passte. Bis auf die zwei Zeilen vielleicht:

Sie hat ein Kleid aus Sonnenschein
Und traut sich nicht, es anzuziehn

Mein Mann verstarb vor sieben Jahren plötzlich. Doch ich habe noch lange keine Lust, mich ebenfalls in die ewigen Jagdgründe zu begeben. Warum auch? Ich bin noch sehr rüstig, kontaktfreudig und schon gar nicht auf den Mund gefallen. Für mein Leben gern fahre ich Auto, lese viel und gehe oft auf Reisen. Das Laufen fällt mir zwar manchmal etwas schwer – die Knie, wissen Sie –, aber ansonsten bin ich noch fit wie ein Turnschuh.

Gelegentlich höre ich etwas schlecht, aber damit stehe ich glücklicherweise nicht alleine da. Das geht sicher vielen Omas und Opas so. Zuweilen kommt es auch vor, dass ich gar nichts verstehe. Besonders, wenn ich etwas absolut nicht hören möchte, beispielsweise die permanenten Anmachsprüche meines sehschwachen achtzigjährigen Nachbarn. Der nervt vielleicht! Macht mir ständig Komplimente, wie fesch ich doch sei. Dabei sieht mein Gesicht aus wie ein Waschbrett und meine Haare sind weiß wie die von Karl Lagerfeld, als er noch unter uns weilte. Gott habe ihn selig.

Mein Gedächtnis funktioniert hingegen noch recht ordentlich. Das ist einer der Gründe, warum ich angefangen habe zu schreiben. Nein, nicht um damit eine Menge Geld zu verdienen. Meine Rente ist ausreichend (und sicher!). Hauptsächlich möchte ich mit der Verschriftlichung meiner Erinnerungen mein Gehirn auf Trab halten und einer Demenz vorbeugen. Andere in meinem Alter lösen Kreuzworträtsel und ich schreibe eben Bücher.

Aber jetzt mal Butter bei die Fische: Wenn *Hollywood* meine Erlebnisse verfilmen würde, hätte ich nichts dagegen. So schlecht sieht der *Oscar* gar nicht aus, finde ich. In meiner Vitrine würde er einen gebührenden Platz bekommen. Ich müsste nur eines meiner selbst gehäkelten Deckchen unterlegen, dann wäre er ein richtiger Eyecatcher. Da könnte ich endlich mal die hässliche grüne Vase aussondern, die ich von meiner Schwester Ilse vor ein paar Jahren geerbt habe.

Das mit Hollywood ist natürlich nur Spinnerei. Andererseits sollte man seine Ziele nie aufgeben und immer optimistisch in die Zukunft schauen.

Lassen Sie uns jetzt wieder in die Realität zurückkehren: Ich sprach gerade von Demenz. Meine beste Freundin, die Müller Luzi, ist nämlich leicht dement. Das ist vielleicht belastend, kann ich Ihnen sagen. Dabei ist sie zwei Jahre jünger als ich. Mit ihrer sportlichen Figur wirkt sie für ihr Alter aber noch ausgesprochen attraktiv. Schließlich war sie in ihrer Jugend mal Leistungssportlerin, genauer gesagt Leichtathletin. Na gut, das eine oder andere Gelenk hat schon darunter gelitten, aber sonst fehlt ihr nichts – bis auf die Dinge, die sie eben vergisst. Aber da kann man nichts machen. Es ist, wie es ist. Das Alter hinterlässt nun mal seine Spuren.

Ach so, eines habe ich noch vergessen. (Sehen Sie, bei mir geht es auch schon los!) Leider hört Luzi auch noch schwer. Im Vergleich zu ihr höre ich noch wie eine Eule. Jedes Mal, wenn ich sie besuchen gehe, muss ich erst gefühlte zehn Minuten Sturm klingeln.

Wenn sie sich schließlich doch bemüht, die Tür zu öffnen, fragt sie meist leicht verwundert: »Was wollen Sie?«

»Na, ich bin es, die Josie! Du kennst mich doch.«

»Ich kenne keine Josie.«

Immer wenn ich diesen Satz höre, kriege ich so einen Hals. Das kann ich im Buch leider nicht zeigen. Ich weiß nicht, ob sie nur so tut oder ob sie es wirklich ernst meint. Seit vierzig Jahren sind wir nun befreundet und auf einmal will meine beste Freundin mich nicht mehr kennen. Ist das nicht traurig?

»Die Schubert Josie, meine Gute«, helfe ich ihr auf die Sprünge.

»Ach die, die kenne ich! Warst du nicht gestern erst da? Was willst du schon wieder?«

»Das ist doch drei Tage her, Luzi. Ich möchte nur wissen, wie es dir geht, ob du einen Wunsch hast. Hier, schau, ich habe deinen Lieblingskuchen mitgebracht.«

»Ich esse keinen Kuchen.«

»Was redest du? Natürlich isst du Kuchen, leckere Eierschecke.«

»Eierschnecke, was ist das denn?«

»Schecke, nicht Schnecke«, berichtige ich Luzi halb singend.

»Habe ich noch nie gegessen. Komm doch erst mal rein! Zwischen Tür und Angel rede ich nicht gern.«

So geht das schon fast zwei Jahre. An manchen Tagen bin ich froh, wenn ich wieder weg bin. Weil sie dann aber ganz alleine ist, tut sie mir wiederum leid.

Ganz auf sich gestellt ist Luzi aber nicht. Zweimal am Tag kommt ein hübscher junger Mann vom Roten Kreuz zu ihr und kümmert sich um sie. Er passt auf, dass Luzi ihre Medikamente pünktlich nimmt, und hilft ihr sogar bei ihrer persönlichen Hygiene.

Ich besuche sie mehrmals in der Woche. Meistens spazieren wir gemeinsam durch den Park oder machen einen Ausflug in die nähere Umgebung.

Auf Kaffeefahrten kann ich Luzi leider nicht mehr mitnehmen. Das geht gar nicht. Es ist zum Fremdschämen mit ihr. Dieser Trude kann man einfach alles aufschwatzen. Sie hat schon über zehn Heizdecken im Schrank und würde immer noch welche kaufen. Luzi meint immer, die wären später einmal für ihre Kinder. Dabei hat sie schon eine große Tochter, die Jasmin. Das ist doch verrückt, oder?

Wenn ich sie darauf anspreche, meint sie nur: »Man weiß nie, was noch kommt. Mein Nachbar, der Manfred, bei dem ich abends öfter fernsehe, hätte gern noch ein Kind.«

»Luzi, jetzt spinnst du aber. Der Manfred ist über achtzig, genau wie mein Nachbar, der Karl, und du bist 73. Da ist doch nichts mehr mit einem Kind. Der Manfred macht nur Spaß.«

»Na, na, na. Seit zwei Monaten nehme ich keine Pille mehr. Da kann schnell mal was passieren.«

»Quatsch! Die Pille, die du meinst, war gegen deinen hohen Blutdruck. Dafür hat dir dein Hausarzt jetzt ein anderes Mittel verschrieben.«

»Ach was. Immer weißt du alles besser. Bist du nun meine beste Freundin oder nicht?«

Darüber haben wir schon so oft gesprochen. Aber immer endete das Gespräch auf ähnliche Weise.

Um noch einmal auf Luzis Tochter zurückzukommen: Jasmin hat fast dreißig Jahre in Australien gewohnt. Nach ihrer Scheidung vor fast fünf Jahren ist sie mit ihrer Tochter Marie, also Luzis Enkelin, wieder zurück nach Deutschland gezogen. Leider hat Jasmin beruflich bedingt wenig Zeit um sich um ihre Mutter zu kümmern und Marie, Luzis Enkelin, wohnt wochentags in einem Internat in München. Aber über Jasmin und Marie werde ich in meinem zweiten Buch ausführlicher berichten.

Vor sechs Jahren fing es bei Luzi an, dass ihr Gedächtnis nachließ, ganz langsam und schleichend. Trotzdem hatte Luzi die Idee, mit mir eine Reise nach Amerika zu unternehmen. Eine Rundreise sollte es werden und beginnen sollte sie in Las Vegas. Luzi wollte unbedingt mal in einem Casino um Geld spielen und natürlich auch gewinnen.

Ich war zuvor noch nie in den USA gewesen, geschweige denn in einem Casino. Aber Luzis Idee gefiel mir. Wenn schon Amerika erkunden, dachte ich mir, dann mit einem Mietwagen.

Ja, Sie haben richtig gelesen. Wir, also Luzi und ich, wollten gemeinsam eine Rundreise durch den Westen der USA unternehmen – wir zwei Grandmas ganz alleine in einem Auto!

Warum auch nicht? Schließlich fahre ich sehr gern Auto und war viel in ganz Europa unterwegs, damals noch mit meinem Mann. Er hatte große Flugangst, deshalb fuhren wir nur in Gegenden und Länder, die man bequem mit Bahn, Bus oder dem Auto erreichen konnte. Bis an die Algarve, Südfrankreich, Kroatien oder hoch nach Schweden und Finnland hatte es uns verschlagen.

In letzter Zeit wurde ich leider einige Male geblitzt, weil ich immer so rase, wissen Sie. Aber für das nächste Jahr habe ich mir fest vorgenommen, mich zu ändern. Ich werde mir nämlich eine Blitzer-App downloaden. Da bin ich ja mal gespannt, ob die was bringt.

Die Reise war jedenfalls beschlossene Sache. Wenn nicht jetzt, wann dann? Schließlich wird man ja nicht jünger.

Bevor ich über unsere abenteuerlichen Erlebnisse im Wilden Westen berichte, noch ein paar ergänzende Worte: Mein Buch soll nicht den Zweck eines Reiseführers erfüllen. Davon gibt es nämlich bereits genug. Trotzdem habe ich mich entschlossen, einige sehenswerte Orte auf unserer Tour näher zu erläutern.

Diese Informationen sind vor allem für jene Leser gedacht, die noch nie im amerikanischen Westen Urlaub gemacht haben. Ihnen möchte ich eine Vorstellung von der grandiosen Landschaft und den liebenswerten Städten an der Westküste vermitteln, damit sie sich besser in unsere Situation hineinversetzen können.

Für alle anderen Leser dienen die Informationen vielleicht als Auffrischung. Mag sein, dass der eine oder andere trotzdem etwas Neues erfährt oder den Wunsch entwickelt, unsere Reise durch den Wilden Westen selbst zu unternehmen.

Sollten Sie noch Fragen haben, können Sie mir gern eine E-Mail schreiben. Die Adresse finden Sie am Ende des Buches. So, jetzt geht es aber los. Genug gelabert.

Reisevorbereitungen

Als wir mit den Reisevorbereitungen begannen, war ich 69 und Luzi immerhin 67 Jahre alt. Gemeinsam setzten wir uns an meinen Laptop und starteten mit der Planung.

Zunächst legten wir die genaue Route fest und einigten uns auf die Anzahl der Übernachtungen in den jeweiligen Städten. Diese Entscheidungen verlangten sehr viel Fingerspitzengefühl, denn es gab einiges zu beachten. Ein paar Orte würden wir bereits auf der Fahrt von einer Station zur anderen besichtigen können. Für andere wiederum wollten wir ein oder zwei Tage einplanen. Ich denke da nur an die großen Städte San Francisco oder Los Angeles.

Nachdem die Route feststand, wählten wir die passenden Hotels aus. Diese buchten wir über ein bekanntes Online-Portal. Auf keinen Fall wollten wir in Vorkasse gehen. Im Gegenteil, wir achteten sehr darauf, dass wir die Buchungen jederzeit und kostenlos stornieren konnten. In unserem Alter kann schnell mal was passieren und dann bekommt man womöglich sein Geld nicht mehr zurück.

Sehr intensiv lasen wir die Bewertungen ehemaliger Hotelgäste. Meist sagten sie bereits eine Menge über die Qualität der Zimmer oder die Lage aus – wenn sie denn der Wahrheit entsprachen. Das kann man aber vorher nicht wissen. Wir hofften, dass die meisten Bewertungen die Realität wiedergaben, damit wir an Ort und Stelle keinen Reinfall erleben würden. Diese Vorbereitungen nahmen sehr viel Zeit in Anspruch, denn sie mussten bis ins kleinste Detail durchdacht sein.

Als Nächstes buchten wir beim ADAC die Flüge und den Mietwagen. Es war uns wichtig, den Wagen in Deutschland zu buchen, da im Falle eines Unfalles und einer eventuellen Gerichtsverhandlung immer der Gerichtsstand zählt. Welches Gericht zuständig ist, hängt in der Regel davon ab, wo man den Mietwagen gebucht hat. Schlimmstenfalls müsste man zu den Gerichtsverhandlungen in die USA reisen.

Mit der Buchung des Mietwagens waren die Vorbereitungen jedoch lange nicht abgeschlossen. Darüber hinaus mussten wir eine ganze Menge mehr beachten. Das ging schon damit los, dass wir uns vom Hausarzt auf einem Formular bestätigen lassen mussten, welche Medikamente wir wie oft einnehmen und dass wir bei Reiseantritt gesund sind.

Das beklopptste Formular, das wir ausfüllen mussten, war allerdings von der ESTA. Da wollte man tatsächlich von uns wissen, ob wir schon mal illegale Drogen verteilt haben oder ob wir uns in den USA an terroristischen Aktivitäten beteiligen wollen. Was für ein Schwachsinn. Wer ist denn so bescheuert und gibt das freiwillig zu? Luzi meinte, wir sollten da mal aus Spaß »Ja« angeben.

»Bist du wahnsinnig!«, rastete ich aus. »Solche Späße verstehen die Amis überhaupt nicht. Wenn die so was sehen, lassen sie dich gar nicht erst in den Flieger oder du landest nach der Ankunft umgehend in *Alcatraz*.«

»*Alcatraz*? Ist das ein Hotel?«

»Ist das dein Ernst?«, fragte ich verblüfft. »Sag bloß, du kennst *Alcatraz* nicht. Dieses alte Gefängnis kennt doch jedes Kind. *Al Capone* war jahrelang dort eingesperrt.«

»Reg dich ab, Josie, das war doch nicht ernst gemeint. Hast du tatsächlich geglaubt, ich würde so etwas tun?«

»Ja, habe ich. Ich kenne dich schon sehr lange. Dir ist einiges zuzutrauen.«

»Ach was.«

Diese Antwort ist typisch für Luzi. Sie benutzt sie gern und in den unterschiedlichsten Situationen. Meistens aber, wenn sie verärgert ist.

Nicht nur die Formulare nervten. Wir mussten uns zudem Adapter für 110-Volt-Steckdosen besorgen, damit wir täglich die Akkus unserer Handys und Fotoapparate aufladen konnten. Außerdem benötigten wir neue Koffer mit TSA-Schloss, eine SIM-Karte fürs mobile Internet und so weiter und so fort.

Ach so, etwas Wichtiges habe ich noch vergessen: Menschen in unserem Alter, also über sechzig, sollten während des Fluges Stützstrümpfe tragen. Wegen der besseren Durchblutung, wissen Sie, und um einer eventuellen Thrombose vorzubeugen. Man weiß ja nie, wie der Körper auf einen so langen Flug reagiert. Aber auch jüngeren Leuten sind derartige Strümpfe anzuraten. Na ja, letztlich muss es jeder selbst wissen. Das kann man niemandem vorschreiben.

Als wir unsere To-do-Liste vollständig abgearbeitet hatten, freuten wir uns auf unser großes Abenteuer im *Wilden Westen* und konnten es kaum erwarten. Leider mussten wir uns noch einige Monate gedulden.

Diese Zeit überspringe ich mal und komme gleich zu unserer Reise.

Los geht's

Wir fuhren mit der Bahn bereits einen Tag eher nach Frankfurt am Main und übernachteten in einem dem Flughafen nahegelegenen Hotel.

Am nächsten Morgen brachte uns der Hotel-Shuttle zu unserem Abflug-Gate, und zwar mehr als zwei Stunden vor dem Start. Das ist bei Amerika-Flügen so Vorschrift und daran sollte man sich auch strikt halten.

Auf dem Flughafen war vielleicht ein Durcheinander. So viele Menschen habe ich in meinem ganzen Leben noch nicht gesehen. Die einen kehrten mit ihren Koffern gerade aus dem Urlaub zurück, die anderen hasteten zum Check-In ihrer Fluggesellschaft. Zum Glück gab es einen Info-Stand, an dem man uns den Weg bis zum *Condor-*Check-In genau beschrieb. Über die rollenden Gehsteige kamen wir bequem an unser Ziel und hatten obendrein eine Menge Spaß dabei.

Der Check-In verlief reibungslos und unsere Nervosität, gepaart mit Flugangst, erreichte langsam ihren Höhepunkt. Vor dem Boarding mussten wir ein paar Routine-Kontrollen über uns ergehen lassen, dann durften wir endlich an Bord.

Im Flieger gab es ein mächtiges Geschiebe und

Gedränge, bis alle Fluggäste ihre Plätze gefunden und ihr Handgepäck verstaut hatten. Wir waren froh, als wir endlich saßen und dem Start entgegenfiebern konnten.

Uns ging ganz schön die Düse, wir waren beide noch nie geflogen. Und dann gleich so lange! Fast elf Stunden Flug mussten wir bis nach Las Vegas überstehen. Zweimal gab es sogar Essen und in unregelmäßigen Abständen kamen die Flugbegleiterinnen (ich wollte erst »Saftschubsen« schreiben, aber Luzi meinte, das wäre diskriminierend) mit Getränken vorbei.

Leider hatten wir sehr ungünstige Plätze. Wir saßen in der Mittelreihe, wo sich drei Personen nebeneinanderquetschen mussten. Luzi hatte den ungemütlichsten Platz in der Mitte, ich saß links und rechts von ihr ein Mann. Er machte von Anfang an keinen sympathischen Eindruck auf uns. Sein Äußeres erinnerte ein wenig an Klaus Kinski, den legendären Film-Bösewicht. Der Mann war Italiener, sprach aber gut Deutsch und stellte sich auch umgehend vor.

»Ciao Bella. Mein Name ist Francesco, ich bin Italiano, aber sprechen gut Deutsch. Fliegen Bella Donna das erste Mal in die Staaten, oder?«, fragte er Luzi.

Doch Luzi antwortete ihm nicht, sondern

schaute einfach nur stumm geradeaus. Ich stupste sie an und wollte ihr damit sagen, dass sie nicht sie arrogant sein sollte. Sie schaute mich nur kurz an und schüttelte ihren Kopf.

Der Italiener tat mir etwas leid und ich fand es unhöflich von Luzi, nicht auf die Frage ihres Nachbarn zu reagieren. Stattdessen antwortete ich ihm. »Ja, ja, das erste Mal.«

»Machen Sie Holidays?«, fragte der Italiener und schaute mich an.

»Ja, eine Rundreise durch den Westen, mit dem Auto.«

»Mit Auto? Oh, das ist sehr gefährlich!«, er lachte so laut, dass sich einige Gäste nach ihm umdrehten. »Viele Indianer auf Pferden. Sie alle wollen Skalp von deutschen Frauen«, scherzte er und machte mit seiner linken Hand kreisende Bewegungen über Luzis Kopf.

Ich verzog keine Miene über seine schlechten Scherze.

»Und was machen *Sie* dort?«, fragte ich, obwohl es mich kaum interessierte.

»Ich reisen geschäftlich. Mir gehören ein paar Restaurants in Vegas. Wenn Sie möchten, besuchen Sie Francesco in Hotel *Venetian*. Ich mich freuen würde. Eis schmecken sehr gut. Bestes Gelato in ganz Vegas. Kaffee ist aus Italien, originale. Morgen Abend 7 Uhr auf dem großen Platz im Hotel! Werden Sie bestimmt gut finden. Überall Wegweiser. Abgemacht?«

»Abgemacht!«, sagte ich und verschaffte mir damit etwas Ruhe.

Nach einer gefühlten Stunde begann er jedoch von neuem.

»Aus welcher Stadt in good old Germany kommen Sie?«

Ich verdrehte die Augen.

Dummerweise nannte ich unseren Wohnort, was ich später noch bereuen sollte. Francesco meinte, er würde unsere Stadt wie seine Westentasche kennen. Das wunderte mich, weil ich bei uns noch nie einem Italiener begegnet bin. Vielleicht sieht man es ihnen aber auch nicht an, wenn sie nicht reden? Ich weiß es nicht.

Obwohl ich absichtlich gelangweilt dreinschaute und öfter auffällig gähnte, dauerte der Small Talk noch eine ganze Weile. Erst als wir so taten, als ob wir schliefen, verstummte Francesco endlich.

Ein Geräusch weckte mich aus meinem Dämmerschlaf. Es waren die Flaschen auf dem Wagen einer Flugbegleiterin. Ich bat um einen Tomatensaft, wie die meisten Passagiere. Zuhause trinke ich nie Tomatensaft. Im Flieger trinken es alle.

Fast alle. Neben mir, auf der anderen Seite des

Ganges, saß ein Mann mit dunkler Hautfarbe. Er bestellte sich einen Kaffee mit Zucker und Milch. Immer, wenn ich zu ihm hinüberschaute, lächelte er mich an. Im Gegensatz zu dem Mann neben Luzi wirkte er sympathisch. Er strahlte etwas aus, das ihn interessant machte.

Der Mann war ein paar Jährchen jünger als ich, so schätzte ich ihn jedenfalls ein. Irgendwie hatte ich den Eindruck, ihn zu kennen. Aber so sehr ich mich auch anstrengte, ich wusste einfach nicht, woher. Oder bildete ich mir das nur ein? Außerdem habe ich in meinem Bekanntenkreis gar keinen Schwarzen.

Als sich unsere Blicke erneut trafen und er mich anlächelte, nahm ich meinen ganzen Mut zusammen und fragte ihn direkt.

»Entschuldigung! Kennen wir uns von irgendwoher?«

Wieder lächelte der Mann und antwortete: »Wir kennen uns schon sehr, sehr lange, Josephine.«

Mir wurde etwas unheimlich zumute.

»Sehr lange? Wie meinen Sie das? Woher kennen wir uns denn?«, fragte ich.

»Jetzt ist nicht der Zeitpunkt für Erklärungen. Ich werde es Ihnen sagen, wenn die Zeit gekommen ist. Ich wünsche Ihnen viel Spaß in Amerika. Und passen Sie immer gut auf sich auf!«

»Warum wollen sie mir jetzt nicht sagen, woher sie mich kennen?«, fragte ich neugierig.

»Machen sie sich keine Sorgen. Ich werde es ihnen noch rechtzeitig erzählen.«

Dann drehte er sich um, trank seinen Kaffee aus und schloss die Augen.

Wer war dieser Mensch, der mit mir in Rätseln sprach? Ich wusste nicht mal seinen Namen. Er trug ein hellbraunes Armee-Hemd mit kurzen Armen und Taschen. Auf seinem rechten Ärmel waren die Buchstaben G. A. aufgestickt. In seinen kurzen Bermuda Shorts machte er einen sehr sportlichen Eindruck.

Was hatten seine Worte zu bedeuten? Wann wollte er mir sagen, woher er mich kannte? Etwa nach der Landung? Wieso nicht jetzt? Oder hatte ich unser Gespräch nur geträumt? Ein Traum im Dämmerschlaf?

Luzi bekam von meinem kurzen Small Talk nichts mit. Sie schlief noch immer.

Als sie aufwachte, erzählte ich ihr davon. Ganz leise, ohne dass der Mann es mitbekam. Er schien zu schlafen. Oder tat er nur so?

»Jetzt fängt es bei dir wohl auch schon an mit der Demenz?«, scherzte Luzi. »Willkommen im Klub.«

»Pst! Nicht so laut. Er darf es nicht mitbekommen.«

Wir waren froh, als endlich die ersehnte Durchsage kam, dass sich die Maschine im Landeanflug auf Las Vegas befand. Zwei- oder dreimal hatte es während des Fluges leichte Turbulenzen gegeben, aber im Großen und Ganzen hatten wir die Tortur ganz gut überstanden. Die Landung war zwar etwas ruckelig, aber wir freuten uns, endlich am Ziel zu sein.

Unmittelbar nach der Landung, das Flugzeug rollte noch, erhob sich der ominöse Fluggast mit dem G.A. auf dem Ärmel und drängte sich, ohne sich von uns zu verabschieden, zum Ausstieg. Handgepäck hatte er nicht dabei. Seit unserem kurzen Wortwechsel hatten wir kein Wort mehr miteinander gesprochen. Warum machte er sich Hals über Kopf davon? Ich konnte es mir nicht erklären.

Wir verabschiedeten uns von Francesco und versprachen, dass wir ihn am nächsten Abend besuchen wollten. Warum sollten wir sein kostenloses Eis verschmähen? Außerdem waren wir neugierig auf sein Restaurant.

Ankunft in Las Vegas

Die größeren Probleme fingen erst nach der Landung an. Zunächst fragte uns ein amerikanischer Staatsdiener aus, was wir in den Staaten überhaupt wollten. Das hätten wir dem netten Officer gern etwas genauer erklärt, aber Luzi und ich standen mit der englischen Sprache auf Kriegsfuß. Ein paar Vokabeln kannten wir zwar noch aus der Schulzeit, aber ein richtiges Zwiegespräch konnte damit nicht zustande kommen. So machten wir das Beste daraus. Ich zeigte ihm unseren Reiseplan, den ich in meiner Handtasche aufbewahrte.

»Here, please, our plan. Roundtrip durch Nevada and California, with Luzi, my best girlfriend. Sorry, but wir not so gut speaken English.«

Ich redete so lange in schlechtem Englisch auf den grimmig dreinschauenden Herrn ein, bis er seine Augen verdrehte und uns passieren ließ.

Endlich konnten wir am Band unsere Koffer in Empfang nehmen. Eine Hürde mussten wir aber noch nehmen: den Mietwagen abholen.

Der ADAC hatte uns bei der Buchung des Wagens mitgeteilt, dass uns in Las Vegas ein Shuttle zu dem Gebäude bringen wird, in dem wir unser

Auto in Empfang nehmen können. Wir gaben uns dem Herdentrieb hin und folgten einfach den anderen Flugästen, die sicher das gleiche Ziel anpeilten wie wir.

Als wir das Gebäude verließen, fragte Luzi ganz erstaunt: »Hier ist es ja um Mitternacht noch hell. Wird es in Las Vegas gar nicht dunkel, so wie in der Arktis?«

»Luzi, du hast mal wieder nicht aufgepasst. Du hättest deine Uhr neun Stunden zurückstellen müssen. Es ist nicht 24 Uhr, sondern 15 Uhr, oder wie man hier sagt: 3 Uhr PM. Was so viel heißt wie post meridiem, also nachmittags.«

»Das glaubt man nicht. 3 Uhr nachmittags, so müde bin ich um diese Zeit normalerweise nie!«

»Es ist ja auch schon Mitternacht!«, wurde ich lauter.

»Also doch Mitternacht ... und so hell.«

»Ach, lass mich doch in Ruhe. Du nervst schon wieder.«

An der Shuttle-Haltestelle warteten bereits eine Menge Menschen mit ihrem Gepäck. Jedes Mal, wenn ein Shuttle hielt, entstand ein riesiges Gedränge. Von Disziplin keine Spur. Der Fahrer half allen Reisenden, die schweren Koffer hineinzuheben und zu platzieren. Sein Ziel war es, so viele Passagiere reinzustopfen wie nur möglich.

Drinnen standen wir dann so eng wie in einer Ölsardinenbüchse.

Die Horrorfahrt bis zum Mietwagengebäude dauerte etwa zehn Minuten, kam uns aber vor wie eine Stunde.

Endlich am Ziel angekommen, suchten wir unter den vielen bekannten und unbekannten Verleihfirmen den Stand von *Alamo*. Dort gab es für die Anmeldung erfreulicherweise einen Automaten. Somit brauchten wir uns nicht an der langen Schlange anzustellen. Der Automat konnte sogar in deutscher Sprache mit uns kommunizieren. Eine nette Dame half uns dabei und somit ging alles recht schnell. Am Ende spuckte uns das Gerät eine Quittung aus. Sie diente quasi als Berechtigung für den Empfang eines Mietwagens.

Wir fuhren mit der Rolltreppe eine Etage hinauf, wo die infrage kommenden Autos unserer Kategorie auf uns warteten. Ein älterer, hagerer Mann verlangte von uns die Quittung und brachte uns an eine Stelle, wo etwa dreißig Wagen in Reih und Glied bereitstanden. Einen davon durften wir uns aussuchen.

Wir wählten uns ein Fahrzeug aus, um sogleich festzustellen, dass es defekt war. So erging es uns auch mit dem nächsten und dem übernächsten.

Das durfte doch nicht wahr sein! Für welches Auto wir uns auch entschieden, alle hatten nur zwei Pedale und keinen Schalthebel!

Wutentbrannt und mit so einem Hals lief ich, ohne meine Luzi, wieder zurück zum *Alamo*-Stand und beschwerte mich. Die Dame, die ich ansprach, konnte ein wenig Deutsch und erklärte mir lächelnd, dass sie nur Autos mit Automatik-Schaltung zur Auswahl hätten. Das wäre in den Staaten normal.

Oh mein Gott, dachte ich mir, auch das noch! Nie zuvor war ich ein Auto mit Automatik-Schaltung gefahren. Das konnte ja was werden. Ich bedankte mich bei der Dame, trabte wie ein begossener Pudel wieder zurück zu Luzi und erzählte ihr von unserem Problem.

Luzi meinte nur: »Jetzt, wo du es sagst, fällt es mir wieder ein.«

»Was fällt dir wieder ein, Luzi?«, fragte ich eindringlich.

»Na, dass ich schon mal ein Auto mit solch einer Schaltung gefahren habe. Ich hatte es nur vergessen.«

»Da haben wir ja Glück, dass es dir *sooo* schnell wieder eingefallen ist. Dann kannst *du* uns ja bis ins Hotel fahren und mir später zeigen, wie man solch ein ... Vehikel bedient.«

Wir suchten uns einen silbernen Jeep Renegade aus, luden unsere Koffer hinein und Luzi versuchte zu starten. Doch die Schweinebacke wollte nicht anspringen! Während Luzi die Ruhe in Person blieb, schwoll mir schon wieder der Kamm. Da hatten wir uns endlich für ein Fahrzeug entschieden und dann das. Total entrüstet stieg ich aus, winkte den älteren Herrn heran und zeigte mit hochrotem Kopf auf das Fahrzeug.

»This car not starts, Mister«, beschwerte ich mich laut, unter Anwendung meiner spärlichen Sprachkenntnisse.

Der Mann, der wahrscheinlich eher Spanisch als Englisch verstand, zeigte uns, dass wir beim Starten die Bremse fest durchdrücken müssten.

Woher sollten wir das auch wissen? Bei meinem alten klapprigen Golf muss ich das nicht. Das war eben noch deutsche Wertarbeit. (Ich weiß gar nicht, ob man das in der heutigen Zeit überhaupt noch schreiben kann.)

Endlich startete der Motor und Luzi stellte sich ganz geschickt an. Wir fuhren zunächst aus dem Parkhaus heraus, hielten am Straßenrand noch einmal an und gaben die Adresse unseres Hotels *Tuscany* in das NAVI ein. Es lag in der Flamingo Road, ganz in der Nähe des Strips (Las Vegas Boulevard).

Je näher wir unserem Ziel kamen, desto dichter und unübersichtlicher wurde der Verkehr. Was die Sache zusätzlich erschwerte: Das NAVI redete auf Englisch mit uns und zeigte nur Meilen an. Aber daran gewöhnten wir uns schnell.

Ich war sehr stolz auf meine Luzi. Sie fand sich ausgezeichnet in der fremden Stadt zurecht und brachte uns sicher an unser Ziel.

Der erste Abend in Las Vegas

Das *Tuscany Suites & Casino*, so lautet der vollständige Name, war fantastisch und – wie viele Hotels in Las Vegas – relativ preisgünstig. Die Hotelbetreiber gehen sicher davon aus, dass die Gäste eine Menge Geld im integrierten Casino lassen werden.

Die Anlage bestand aus mehreren zweigeschossigen Gebäuden. Unsere Suite war riesig, genau wie die beiden King-Size-Betten. Sogar eine kleine Kochecke mit Kühlschrank und Herd befand sich darin. Das ist von großem Vorteil, wenn man sich selbst verpflegen muss.

Luzi schaute sich als Erstes das Bad an, kam jedoch sofort wieder raus und war ganz aufgelöst.

»Wir müssen unbedingt den Room Service suchen. In unserem Zimmer hat man die Klobürste vergessen.«

»Auch das noch. Gibt es denn hier in den Staaten gar nichts, was auf Anhieb klappt?«, ärgerte ich mich. Der erste positive Eindruck war fast wieder dahin.

Glücklicherweise fand ich sofort ein Zimmermädchen. Die freundliche und hilfsbereite Frau erklärte mir mit Händen und Füßen, dass es in

Amerika in der Regel keine Klobürsten gibt, weil der Wasserdruck beim Spülen größer ist als zum Beispiel in Europa. Ob das zu unserer Zufriedenheit funktionieren würde, daran hatten wir unsere Zweifel. Andere Länder, andere Sitten.

Eigentlich waren wir hundemüde, schließlich war es in Deutschland bereits weit nach Mitternacht. Aber es blieb uns keine andere Wahl, als mit allen Mitteln gegen den Jetlag anzukämpfen. Auf keinen Fall durften wir kapitulieren und uns ein Stündchen aufs Ohr legen. Wir wären sicher erst am nächsten Morgen wieder aufgewacht. Notgedrungen passten wir uns den örtlichen Gegebenheiten, sprich der anderen Zeitzone, schon am ersten Tag an.

Es war nicht nur die Zeitumstellung, mit der wir zu kämpfen hatten, auch die Temperaturen von weit über 30 Grad machten uns zu schaffen. Wir benötigten bei der Hitze unbedingt Mineralwasser und – da es im Hotel kein Frühstück gab – auch ein paar Lebensmittel für den nächsten Morgen. Außerdem hatten wir Hunger und wollten gern eine Kleinigkeit essen. Ehemalige Hotelgäste schrieben in ihren Bewertungen, dass man im nahegelegenen *Whole Foods Market* sehr gut speisen könne. Das wollten wir gleich mal testen.

Nachdem wir uns etwas frisch gemacht hatten, fuhren wir los. Erneut steuerte Luzi unseren Wagen sicher ans Ziel.

Das mit *Whole Foods* war tatsächlich ein guter Tipp. An großen Selbstbedienungstheken gab es für jeden Geschmack etwas, egal ob kalt oder warm, vegetarisch, vegan oder mit Fleisch. Allerlei köstliche Leckereien standen bereit, unter anderem eine Vielzahl an Salaten, mehrere Olivensorten, Reis und Kartoffeln, verschiedenes Gemüse, gekocht, gegrillt oder paniert. Hühnchenfleisch stand in mehreren Variationen zur Auswahl, eine Fischtheke war auch vorhanden. Nicht nur fünf verschiedene warme Suppen wurden angeboten, sondern auch diverse Kaffee- und Milchsorten. Und wie das duftete! Bereits beim Anblick der Speisen lief uns das Wasser im Mund zusammen.

Der Preis für das Essen richtete sich nach dem Gewicht. Das Pfund, in den USA etwas mehr als 450 Gramm, kostete zu dieser Zeit 8,49 Dollar, nach damaligem Umrechnungskurs entsprach das zwischen 6 und 6,50 Euro. Das ist ein ganz fairer Preis, finde ich. 450 Gramm wollen erst mal verdrückt sein.

Auf jeden Fall ist das Speiseangebot bei *Whole Foods* eine hervorragende Alternative zum normalen amerikanischen Fast Food oder zu den preisintensiven Restaurants. Vor allem, wenn man nahrhafte Mahlzeiten ohne gesundheitsgefährdende Zusatzstoffe vorzieht.

Nach dem köstlichen Essen deckten wir uns mit ausreichend Wasserflaschen und ein paar Lebensmitteln ein, unter anderem abgepackte Salami und Käse.

Anschließend fuhren wir zum wohl bekanntesten Supermarkt in den Staaten, dem *Walmart*, wo wir uns eine Kühlbox und zwei schicke Cowboyhüte kauften. Luzi gönnte sich außerdem ein Paar coole Westernstiefel.

»Schau mal, sieht dieser Rock nicht geil aus?«, fragte sie mich, als wir unseren Einkaufswagen wieder in Richtung Ausgang schoben. Sie zeigte auf einen braunen Wildlederrock mit Fransen, der gerade im Angebot war.

Luzi benutzt gern das Wort »geil«. Ich finde, dass es überhaupt nicht zu einer Frau in ihrem Alter passt. Aber einer alten Frau etwas auszureden ist nahezu unmöglich.

»Ist der nicht ein wenig zu kurz für dich, Luzi?« Ich schaute sie mit großen Augen an.

»Ach was«, wischte Luzi meinen Einwand beiseite.

»Na, dann kauf ihn dir doch. Ich muss ja nicht

damit herumlaufen und mir hämische Blicke einfangen.«

Luzi suchte sich eine passende Bluse dazu aus und sah nun wie ein echtes Cowgirl aus. Ohne Neid musste ich zugeben, dass dieses Outfit ihr ausgezeichnet stand. Es machte sie um einige Jahre jünger. Mir hingegen reichte der Hut – schließlich wollte ich es nicht übertreiben, um nicht schon von weitem als Tourist identifiziert zu werden.

Bei unserer Ankunft im Hotel war es bereits recht dunkel. Trotzdem wollten wir noch ein oder zwei Hotels auf dem Strip in Augenschein nehmen. Also machten wir uns erneut auf den Weg.

Als Erstes schlenderten wir ins *Caesars Palace* und staunten nicht schlecht. So etwas hatten wir noch nie gesehen! Unzählige Geschäfte, die Forum-Shops, luden zum Verweilen und Shoppen ein. Über uns befand sich ein künstlicher blauer Himmel mit vielen Wolken und wir hatten den Eindruck, in einer Stadt im Freien zu flanieren. Ein Höhepunkt war die Nachbildung des römischen *Trevi*-Brunnens mit Figuren, den Allegorien, mitten im Hotel.

Wir konnten uns kaum sattsehen an all den schönen Dingen. Zudem sorgte eine Klimaanlage für angenehme Temperaturen von etwa 20 Grad Celsius. Den Zusatz darf man in Amerika nicht vergessen, weil dort die Temperaturen in Fahrenheit angegeben werden. Für uns Europäer ist es eher ungewöhnlich und gar nicht so einfach, den Wert auf die Schnelle in Grad Celsius umzurechnen.

Von der Temperatur in Fahrenheit muss man zunächst 32 abziehen, dann die Summe mit 5 multiplizieren und schließlich durch 9 teilen. Zeigt das Thermometer zum Beispiel 100 Grad Fahrenheit an, verfährt man so: 100 - 32 = 68; 68 x 5 = 340; 340 / 9 = 37,77 Grad Celsius. Eigentlich ganz simpel, wenn man es einmal weiß und einen Taschenrechner zu Hand hat. Während unserer Rundreise vergaß ich den Rechenweg nie, beim Schreiben dieses Buches musste ich aber nochmals nachschauen.

Die Umrechnung von Celsius auf Fahrenheit funktioniert genau andersherum. Die Temperatur in Celsius multipliziert man mit 9, teilt das Ergebnis durch 5 und addiert 32 hinzu. Auf ein Beispiel verzichte ich aber. Diesen Algorithmus Luzi zu erklären, habe ich gar nicht erst versucht. Ich glaube, sie hätte es nicht begriffen. Vielleicht hätte sie auch gesagt: »Für mich wäre das nichts. Den ganzen Tag nur die Temperaturen umzurechnen.«

Obwohl es schon ziemlich spät war und uns die Übermüdung zu schaffen machte, wollten wir uns noch das Hotel *Bellagio* neben dem *Caesars Palace* anschauen. Mit über 3.000 Zimmern gehört es zu den größten Hotels der Welt.

Vor dem Gebäude befindet sich ein künstlich angelegter See, der dem italienischen Comer See nachempfunden ist und von einer Grundwasserquelle gespeist wird. Das Besondere daran sind die Springbrunnenfontänen, die *Fountains of Bellagio*. Über 1.200 im See installierte Düsen und rund 4.000 Lampen können das Wasser über 140 Meter in die Höhe schießen lassen. Ist das nicht der Wahnsinn? So hoch wie ein Wolkenkratzer.

Viele der installierten Düsen sind beweglich und lassen ihren Strahl im Takt von Musikstücken tanzen. Diese einmalige Show kann man täglich zwischen 15 und 24 Uhr mehrmals pro Stunde bewundern. Als wir am See vor dem Hotel weilten, tanzten die Fontänen zu den Stücken »Time to Say Goodbye« von Sarah Brightman & Andrea Bocelli und »Your Song« von Elton John.

Auf dem Heimweg erblickten wir ein imposantes Gebäude, das uns sofort in seinen Bann zog. Es handelte sich um das Hotel *New York, New York*, das im Stil der Skyline von Manhattan erbaut ist.

Die Hauptattraktion ist jedoch eine Achterbahn, die sich um das gesamte Gebäude windet. Wie von magischer Hand angezogen, steuerten wir geradewegs darauf zu. Einfach daran vorbeigehen konnten wir nicht. Wenn wir einmal hier in Las Vegas waren, dann wollten wir unsere Zeit auch optimal nutzen.

Am Eingang begrüßte uns eine verkleinerte Nachbildung der Freiheitsstatue, auch die Brooklyn Bridge war nachgebaut. Gespannt betraten wir den Hotelkomplex. Nach unserem Besuch im *Caesars Palace* und im *Bellagio* waren wir kaum überrascht, dass sich auch hier eine Menge Shops aneinanderreihten. Luzi geriet dennoch aus dem Häuschen.

»Elvis, da ist Elvis!«, rief sie plötzlich. »Elvis lebt doch! Ich habe es immer gewusst.«

Dann fing sie auch noch an zu singen.

»Love me tender,
love me sweet,
never let me go.«

»Hör auf, Luzi, das klingt furchtbar. Ich schäme mich mit dir. Elvis ist seit 1977 tot«, klärte ich sie auf. »In dieser Stadt laufen mehrere falsche Elvisse herum.«

»Ach Josie, was redest du? Falsche Elvisse in der Stadt?«

»Natürlich! Viele Pärchen kommen extra nach Las Vegas, um zu heiraten. Hier gibt es unzählige kleine Kapellen. Die meisten von ihnen haben einen Fake-Elvis engagiert, der bei den Hochzeiten einige Lieder trällert. Der Elvis dort drüben hat sicher gerade Feierabend.«

»Wenn du es sagst, Josie. Schade. Aber wenn ich mal heirate, dann nur in Las Vegas. Mal sehen, was Manfred dazu sagt.«

»Ich liebe deinen Humor, Luzi«, sagte ich und verdrehte die Augen. »Hast du eigentlich heute schon deine Medikamente eingenommen?«

»Was soll das schon wieder? Komm, lass uns wenigstens ein Selfie mit ihm machen.«

»Na gut.«

Wir hatten Glück, dieser Elvis war sehr freundlich und erfüllte uns Luzis Wunsch. Ich drückte ihm einen 2-Dollar-Schein in die Hand und er bedankte sich mehrmals. Während unseres Aufenthaltes in Las Vegas haben wir übrigens noch einige Elvisse gesehen, jedoch kein Selfie mehr mit ihnen gemacht.

Als wir wieder in unserem Hotel ankamen, war es bereits weit nach Mitternacht. In dieser Nacht schliefen wir wie die Murmeltiere, nur nicht so lange.

Ausflug zum Grand Canyon

Am nächsten Tag erklärte mir Luzi, wie man mit einer Automatik-Schaltung umgeht. Ich begriff rasch und so einigten wir uns darauf, dass ich heute den Wagen bis zum Grand Canyon fahren sollte. In der Folgezeit wechselten wir uns gelegentlich ab, aber größtenteils fuhr ich. Luzi spielte sowieso lieber die nervige Beifahrerin.

Wir verließen die Millionenstadt Las Vegas in Richtung Südwesten. Auf einem Country-Musik-Sender lief der Titel »Born to be wild« von der Gruppe Steppenwolf. Sofort bekamen wir gute Laune und genossen die überwältigende Freiheit des Landes.

Nachdem wir die Stadt Boulder City passiert hatten, fuhren wir auf dem Highway 93 vorbei am Hoover Dam (im Englischen wird es mit einem »M« geschrieben). Genau auf dem Damm verläuft die Grenze zwischen den Staaten Nevada und Arizona, die jeweils in unterschiedlichen Zeitzonen liegen. Begibt man sich von der einen Seite des Dammes auf die andere, muss man seine Uhr um eine Stunde vor- oder zurückstellen. Je nachdem von welchem Staat man in den jeweils anderen wechselt.

Der Hoover-Stausee ist mit seinen 170 Kilometern Länge der größte Stausee der USA und dient hauptsächlich der Energiegewinnung. Ich gehe mal davon aus, dass die Stadt Las Vegas der Hauptabnehmer sein wird. Die vielen Lichter, die dort jede Nacht leuchten, halte ich für die reinste Energieverschwendung. Wenn ich mir überlege, wie peinlich ich zu Hause darauf achte, dass ich ja nicht zu viel Licht anhabe ... Mir wird gleich ganz schlecht.

Weiter ging es nach Süden in Richtung Kingman, eine Stadt an der legendären Route 66. Da wir heute zum Grand Canyon wollten, nahmen wir jedoch eine andere Abzweigung. Eine Fahrt auf der Route 66 stand für einen anderen Tag auf unserem Plan.

Auf der Strecke zum Grand Canyon entdeckten wir rechts von der Fahrbahn eine Oase mit einer kleinen Wasserstelle. Wir hielten an und stiegen aus. Luzi wollte gerade ihre Arme in das kühle Nass tauchen, da bemerkte ich ein Schild mit einem Totenkopf darauf.

»Halt! Stopp!«, rief ich. »Luzi, tu es nicht! Mit dem Wasser ist was nicht in Ordnung.«

Luzi wich sofort zurück und ich konnte in aller Ruhe das Schild lesen. Sinngemäß stand darauf, dass sich in dem Wasser Bakterien befinden können. Wenn man seinen Kopf eintaucht, wandern sie eventuell durch die Nase bis ins Gehirn und können dort eine lebensbedrohliche Hirnhautentzündung verursachen.

Also begnügten wir uns mit unserem Mineralwasser, das sich gut gekühlt in unserer Kühltasche befand. Wir suchten schnell das Weite und setzten unsere Fahrt fort.

Etwa auf halber Strecke auf dem Highway 93 bogen wir nach links ab. Über teilweise sehr schlechte Straßen gelangten wir schließlich zum *Grand Canyon West*.

Der Parkplatz vor dem Haupteingang war recht gut besucht. Wir setzten unsere Cowboy-Hüte auf und Luzi zog sich Stiefel und Lederrock an. Aber als wir uns dem Eingang näherten, bekam sie es mit der Angst zu tun.

»Mit meinen Sachen traue ich mich hier nicht hinein. Da sind nur Indianer drin! Weißt du noch, was Francesco im Flieger gesagt hat?«, flüsterte sie mit einem ängstlichen Blick, den ich nicht von ihr kannte. Die Musik vom Film »Spiel mir das Lied vom Tod«, die vor unserer Ankunft im Radio lief, hatte sicher auch zu Luzis Bedenken beigetragen.

»Oh, oh, das sieht gar nicht gut aus«, machte ich mich über sie lustig. »Wenn du dich in diesen

Klamotten daneben benimmst, fesseln die dich an den Marterpfahl und lynchen dich. Anschließend wollen sie sicher deinen Skalp. Ich darf gar nicht daran denken. An deiner Stelle würde ich zurückgehen und auf dem Parkplatz auf mich warten.«

Das war natürlich alles nur Spaß. Ich erklärte Luzi, dass in diesem Gebiet viele Indianer leben, wie die Hopi oder die Havasupai, und dass sie natürlich alle friedlich sind. Darauf beruhigte sie sich und behielt ihr vollständiges Outfit an.

Als Ergänzung: Ich weiß, dass man »Indianer« nicht mehr sagen sollte. Aber »indigene Völker« klingt einfach nur doof.

Wir stiegen in einen Shuttle-Bus, der uns zum Aussichtspunkt *Eagle Point* brachte. Dort befindet sich der *Skywalk*, eine hufeisenförmige Plattform mit Glasboden. Der Gang über den *Skywalk* muss separat bezahlt werden. Damals kostete er etwa 30 Dollar mehr als der normale Eintrittspreis von 50 Dollar.

Dieses einmalige Erlebnis lohnt sich aber! Luzi und ich wagten es, trotz unserer Höhenangst. Ich musste Luzi fest an die Hand nehmen und wir trauten uns anfangs beide nicht, durch das Glas in den Abgrund zu schauen. Schließlich überwanden wir unsere Angst und gewöhnten uns an den atemberaubenden Blick 1.200 Meter über dem Colorado.

Leider durfte man selbst nicht fotografieren. Aber an mehreren Stellen lauerten Fotografen, die auf Wunsch von den Besuchern Fotos schossen. Diese konnte man für jeweils 20 Dollar ausgedruckt am Souvenirstand erwerben.

Nach der eindrucksvollen Aussicht vom *Skywalk* wanderten wir einige hundert Meter nahe am Abgrund des Canyon entlang. Dort bewunderten wir die natürliche Felsformation in der Ferne, die wie ein riesiger Adler aussieht und nach der der Aussichtspunkt benannt wurde. Auf einer Informationstafel lasen wir, dass diese Felsformation ein wichtiges Heiligtum der Walapai-Indianer ist.

Ein Highlight war der Besuch im Indianerdorf (Dorf der indigenen Völker – sehen Sie, wie bescheuert das klingt) am Eagle Point. Im dortigen Amphitheater kann man indianische Tänze bewundern.

Wir setzten uns in ein kleines gemütliches Café, das zum Verweilen einlud, und tranken genüsslich einen Kaffee. Von dort aus hatten wir einen fantastischen Blick auf die Tänzer. »Haben die Indianer hier eigentlich auch einen Meditationshintergrund?«, fragte Luzi.

Ich stellte meine Tasse ab. »Also Luzi, erstens heißt das Migrationshintergrund und zweitens gehört ihnen dieses Gebiet hier. Die Indianer, die das Areal teilweise autonom verwalten, sind quasi die Ureinwohner von Amerika.«

»Tatsache? Das sieht man denen gar nicht an.«

Je länger wir den Indianertänzen zuschauten, desto besser gefielen sie uns. Die Aufführungen erinnerten mich an meine Kindheit, als ich Karl-May-Filme wie »Winnetou«, »Der Schatz im Silbersee« oder »Durch die Wüste« sah.

Etwa eine halbe Stunde verweilten wir im Indianerdorf und am Ende ließ ich es mir nicht nehmen, den Indianern 20 Dollar in die »Kaffeekasse« zu stecken. Sie bedankten sich mehrmals und winkten mir mit ihren Tomahawks zu. Wir sahen es als klitzekleinen Beitrag zur Völkerverständigung an. In der amerikanischen Vergangenheit haben sie sehr viel Leid erfahren müssen. Aber das ist ein anderes Thema.

Am Nachmittag fuhren wir mit dem Shuttle-Bus den zweiten Aussichtspunkt an, den *Guano Point*. Hier genossen wir einen sensationellen Rundumblick auf das westliche Gebiet des Grand Canyon und auf den Colorado.

Wir gingen natürlich bis ganz nach vorn zum Aussichtspunkt, weil sich dort auch Überreste der ehemaligen *Guano Point Mine* befinden. Bis zum Ende der 1950er Jahre wurde hier Guano (ein wertvoller Düngemittelbestandteil) gefördert. Man glaubt es kaum, aber im Grunde besteht Guano aus nichts anderem als den Exkrementen von Seevögeln.

Der Ausblick war einmalig, wir werden ihn unser ganzes Leben lang nicht vergessen. Nur hier im amerikanischen Grand Canyon, der übrigens zum UNESCO-Weltnaturerbe gehört, bekommt man einen Eindruck davon, wie riesig dieses Land ist.

Man kann es sich nur schwer vorstellen: Die zwischen 6 und 30 Kilometer breite Schlucht des Canyon, in der sich der Colorado entlangschlängelt, ist etwa 450 Kilometer lang und stellenweise bis zu 1.800 Meter tief.

Luzi und ich haben es kaum gewagt, in die Tiefe zu schauen. Wir hielten uns immer fest an den Händen und näherten uns dem ungesicherten Abgrund höchstens bis auf 3 Meter Entfernung.

Nach diesem unvergesslichen Erlebnis am Grand Canyon begaben wir uns auf den Heimweg, denn wir hatten noch eine zweistündige Fahrt vor uns.

Zwischenfall im Hotel Venetian

Während der Rückfahrt nach Las Vegas erinnerten wir uns an die Verabredung mit Francesco. Das kostenlose Eis wollten wir uns heute Abend keinesfalls entgehen lassen.

Als wir in unserem Hotel eintrudelten, war es schon ziemlich spät und wir mussten uns beeilen. Wir hatten gerade noch Zeit, um uns nach dem langen Tag in der heißen Wüstensonne ein wenig frisch zu machen. Nach der kalten Dusche fühlten wir uns gleich wie neugeboren.

Das *Venetian Resort Hotel* ist, kurz gesagt, auch ein Nachbau und erinnert an die italienische Stadt Venedig. Die Fassade des Hotels ähnelt dem *Dogenpalast*. Das *Venetian* und sein Schwesterhotel *The Palazzo* bildeten zwischen 2008 und 2015 mit über 7.000 Zimmern den größten Hotelkomplex der Welt. Im Jahre 2015 wurden sie von dem malaysischen *First World Hotel* überholt und stehen nun an zweiter Stelle.

Über die nachgebildete *Rialtobrücke* gelangten wir ins Innere des Hotels. Im Gegensatz zum Original muss man auf dieser Brücke nicht laufen. Ein sogenannter Rollsteig, auch rollender Fußweg genannt, führt den Besucher bequem hinauf und wieder hinunter. Typisch amerikanisch: Ja nicht zu viel bewegen! Man könnte sonst an Gewicht verlieren. Nicht auszudenken ...

Als wir den großen Platz im Inneren des Hotels erreichten, erblickte uns Francesco sofort.

»Ciao Bella, meine Freunde aus Germany. Schön zu sehen euch. Darf ich einladen euch? Was möchtet ihr? Ein Eis von den köstlichsten Früchten aus Kalifornien? Natürlich organic.«

Da konnten wir nicht »Nein« sagen und folgten Francesco ins Restaurant.

Das Eis schmeckte vorzüglich. Nicht umsonst streitet man sich bis heute, wo man das bessere Eis bekommt, in Amerika oder in Italien. Ich denke, die beiden Konkurrenten nehmen sich nicht viel.

Wir schleckten genüsslich unser Eis, während uns Francesco erneut mit belanglosen Dingen zutextete. Anscheinend bekam er mit, dass wir uns für sein Gelaber kaum interessierten, denn plötzlich wechselte er das Thema.

»Meine besten Freunde aus Germany, ist das nicht ein Zufall? Ihr wohnt in selbe Stadt wie mein bester Freund Nino – nein, nicht der de Angelo, Nino Fagetto. Er hat nächsten Monat fünfzigsten Geburtstag. Könnt ihr ihm bitte ein Päckchen von Francesco mitnehmen? Ich habe ein Geschenk für

Nino. Eine sehr schöne Armbanduhr, die er sich schon immer gewünscht hat.«

»Aber wir dürfen doch nur ...«, wollte ich einwenden.

»Das ist alles Unsinn«, unterbrach mich Francesco. »Von solchen bezaubernden Signoras, wie ihr es seid, werden keine Koffer geöffnet. Ihr braucht nicht haben Angst. Und wenn doch, dann gebt Carabinieri das von mir.« Er überreichte uns seine Visitenkarte.

Ich hatte keine Ahnung, was er mit dieser Karte bezweckte. Wahrscheinlich sollten wir uns damit in Sicherheit wiegen. Sein ganzes Auftreten machte mich stutzig. Wollte er uns am Ende nur ausnutzen? Sollten wir für ihn etwas nach Deutschland schmuggeln? Keinesfalls wollten wir das tun.

»Ich weiß nicht«, entgegnete ich. »Darüber müssen wir noch einmal reden.«

»Okay, machen wir es ganz einfach so: Wenn ihr nach Rundreise wieder seid hier, wir reden«, sagte er forsch und sichtlich enttäuscht.

Danach sprach er kein Wort mehr mit uns. Etwas gefiel ihm anscheinend nicht. Er stand auf und ging zu einem jüngeren Herrn, der einen Smoking mit roter Fliege trug. Wild gestikulierend diskutierte er einen Augenblick mit ihm.

Immer wieder schauten die beiden zu uns herüber. Worüber sie miteinander sprachen, bekamen wir im lauten Stimmengewirr der Hotelgäste leider nicht mit.

Kurz darauf verabschiedete sich Francesco von uns. Angeblich hatte er noch geschäftlich zu tun. Wir dagegen bedankten uns bei ihm für das leckere Eis.

Anschließend schauten wir uns ausgiebig im Hotel um und bewunderten die Nachbildungen der venezianischen Sehenswürdigkeiten im Innenbereich der Anlage.

Nach etwa einer Stunde führte uns der Weg unweigerlich ins Casino. Kein Wunder! Die riesigen Hotels in Las Vegas sind konzipiert wie ein überdimensionales Labyrinth. Wenn man sich einmal im Irrgarten befindet, kommt man nur schwer wieder heraus, ohne das Casino zu durchqueren, die Hauptgeldeinnahme der Hotels. Auch auf den meisten Wegweisern sucht man vergeblich das Wort »Exit«.

»Ich glaube es nicht«, rief Luzi aus. »Sie stupste mich an und drehte ihren Kopf nach rechts. »Schau mal, wer dort am Spieltisch sitzt!«

Ich traute meinen Augen nicht. Es war Francesco, der geschätzte 10 Meter von uns entfernt am *Black-Jack*-Tisch sein Spiel machte.

Als Kinder haben wir in den Schulpausen auch *Black Jack* gespielt, aber unter dem Namen *17 und 4*. Eine Runde ging schnell, mehrere Schüler konnten mitspielen und wir hatten einen Heidenspaß.

»Ach, hier verdient er sein Geld«, erwiderte ich. Jetzt dämmerte es bei mir.

Wir beobachteten ihn eine Weile aus der Ferne.

»Irgendwas gefällt mir an ihm nicht«, meinte Luzi. »Er spielt mit einem Partner zusammen. Schau dir doch mal seine Augen an! Die beiden geben sich ständig Zeichen. Wenn das mal nicht Betrüger sind.«

Luzi hatte recht, ich konnte es auch sehen. Etwas schien mit ihnen nicht zu stimmen.

»Josie, die schnappen wir uns!«, meinte Luzi entschlossen.

»Was hast du vor?«

»Das sage ich dir gleich.« Sie zog vorsichtig ihr Handy aus der Handtasche.

»Komm, Josie, wir werden ihn dezent beobachten, er darf uns auf keinen Fall sehen. Ich werde die Filmkamera meines Handys starten.«

»Ja, tu das! Aber lass dich nicht von den Aufpassern erwischen. Die schmeißen dich sofort raus. Im Casino ist Filmen und Fotografieren strengstens verboten. Die Intimsphäre der Spieler steht hier an erster Stelle. Damit verstehen sie keinen Spaß.«

Kameras brauchte Francesco kaum zu fürchten, dafür umso mehr die Augen von Hoteldetektiven, die in jedem Casino zahlreich vertreten sind.

Francesco schaute sich nervös um. Es schien, als hätten er und sein Partner einen großen Coup vor. Luzi und ich versteckten uns dezent hinter Säulen und Spielautomaten, um nicht entdeckt zu werden. Gespannt spähten wir zum *Black-Jack*-Tisch hinüber.

Doch was war das? Francescos rechte Hand griff geschickt in die äußere Jackentasche seines Partners. Tauschten sie vielleicht Spielkarten aus?

Plötzlich packte mich jemand am Arm. Ich erschrak.

Der Mann kam mir bekannt vor. Ich hatte ihn vor einer Stunde im Restaurant gesehen. Francesco und er hatten heftig miteinander diskutiert. Er war mir sofort aufgefallen, weil er als Einziger einen Smoking mit roter Fliege trug.

»Junge Frau, würden Sie bitte weitergehen, wenn Sie hier nicht mitspielen möchten.«

Obwohl er Englisch sprach, verstand ich sofort, was er meinte. Er hatte absichtlich sehr laut gesprochen, damit Francesco ihn hörte.

Francesco schaute vom Spiel auf, drehte seinen Kopf zu uns und entdeckte Luzi mit ihrem Handy.

Wir waren aufgeflogen.

Das hatte uns gerade noch gefehlt. Mein Herz klopfte wie verrückt, mein Puls raste. Zum Glück hatte ich am Morgen meine Blutdrucktabletten eingenommen.

Kurzerhand sprang Francesco auf, eilte zu Luzi und wollte ihr das Handy entreißen. Doch was machte meine schlaue und sportliche Luzi? Wie ein Känguru hüpfte sie einen Schritt zur Seite und stellte Francesco ein Bein. Er stolperte und schlug mit dem Gesicht hart auf dem Teppichboden auf. Ohnmächtig blieb er liegen.

Sofort herrschte Chaos im Casino. Einige Menschen schrien laut, andere suchten das Weite. Francescos Mitspieler sprang ebenfalls auf und rannte in Richtung »Exit«. Ein Herr von der Casino-Aufsicht verfolgte ihn, zugleich alarmierte er per Funk zwei weitere Männer, die nach wenigen Sekunden zur Stelle waren und Francesco in Handschellen legten. Es dauerte keine fünf Minuten, dann kam die Polizei hinzu und führte Francesco ab.

Ich nahm Luzi in den Arm und drückte sie ganz fest.

»Kompliment, meine Gute. Ich bin geflasht. Das war wirklich filmreif, was du da gerade veranstaltet hast.«

»Ach was. Endlich haben sich die vielen Jahre als Leistungssportlerin mal bezahlt gemacht. Ganz eingerostet bin ich also doch nicht.«

»Keinesfalls, Luzi. Du könntest sicher im Zirkus anheuern und dir dort ein paar Euro zu deiner Rente dazuverdienen. Bist du mit dieser Nummer noch frei?«, scherzte ich.

Luzi lachte. »Kommt auf die Gage an. Ich muss erst mal mein Handy wiederfinden. Es ist mir bei der Aktion aus der Hand gefallen.«

»Komm, ich helfe dir.«

Ich bückte mich und suchte unter dem Spieltisch. Plötzlich bekam ich einen riesigen Schreck. Ich schaute in zwei leuchtende Augen eines schwarzen Mannes. Er lächelte mich an.

»Ich bin es nur, der Mann aus dem Flieger neben dir. Erinnerst du dich?«

Ich nickte. Sofort erkannte ich den Mann wieder, obwohl er diesmal sein sportliches Outfit gegen einen Smoking mit Fliege getauscht hatte. Verfolgte uns dieser Mann oder war es einfach nur Zufall, dass wir uns in dieser heiklen Situation wiedertrafen?

»Wer sind Sie? Warum duzen Sie mich?«

»Warum fragst du? Du weißt es doch ganz genau. Pass gut auf dich auf. Wir sehen uns bald wieder.«

Dann verschwand er so schnell, wie er aus dem Nichts aufgetaucht war. Ich entdeckte Luzis Handy und hob es auf.

Als ich aufgestanden war, schaute ich zum Ausgang. Dort sah ich ihn. Er drehte sich noch einmal um und winkte mir mit einem Lächeln zu.

Ich reichte Luzi das Handy. Sie prüfte, ob es noch funktionierte.

»Auch das noch«, sagte sie traurig. »Das Glas vom Display ist gesprungen. Dabei hatte ich doch extra den Flugmodus eingeschaltet.«

»Witzbold.«

Die Casino-Aufsicht begleitete uns zum Hotelchef, auch zwei Polizisten kamen mit. Sie baten uns, ihnen Luzis Handyfilm auszuhändigen, was wir auch gerne taten.

Der Hotelchef, Mister Kleinert, war ein gebürtiger Münchener. Er bedankte sich vielmals für unseren Einsatz. Francesco sei ein gesuchter Falschspieler und Hochstapler, erklärte er uns. Schon lange hatte die Polizei ihn auf dem Kieker. Bisher konnte man ihm jedoch nichts nachweisen. Er war sehr geschickt und wechselte für seine kriminellen Handlungen ständig das Hotel.

In Las Vegas war das Angebot ja groß genug. Außerdem gab es kaum einen Hoteldetektiv, den er nicht bestochen hatte. Unter diesen Umständen war es sehr schwer, ihm die Betrügereien nachzuweisen.

Mister Kleinert zog seine Visitenkarte hervor und machte auf der Rückseite eine kleine Notiz.

»Wenn Sie auf Ihrer Rundreise zufällig an San Francisco oder Beverly Hills vorbeikommen, dann besuchen Sie doch diese beiden Restaurants«, sagte er schmunzelnd und überreichte uns die Karte, auf deren Rückseite zwei Adressen standen. »Sie gehören meinem Bruder. Er wird Sie gerne auf seine Kosten bewirten.«

Warum er jetzt lachte, war mir nicht klar.

»Vielen Dank noch mal, und grüßen Sie old Germany von mir.«

»Oh, wie aufmerksam. Das ist aber nett von Ihnen«, bedankte ich mich. »Wir werden Ihre Grüße gern ausrichten, jedem Einzelnen.« Dann nahm ich meine Luzi an die Hand und ging mit ihr ein Glas Sekt trinken.

Eigentlich wollten wir ja auch mal in einem Casino spielen, doch nach den aufregenden Ereignissen vertagten wir unser Vorhaben vorerst.

Leider war unser erster Aufenthalt in der Stadt der Sünde schon zu Ende. Wir trösteten uns damit, dass wir im Laufe unserer Rundreise zwei weitere Abende hier verbringen würden.

Weiter geht es zum Bryce Canyon

Am Morgen füllten wir unsere Kühlbox mit Crash-Eis auf, checkten aus und machten uns auf den Weg in Richtung *Bryce Canyon*.

Ist man erst einmal aus Las Vegas raus, fährt es sich auf der Interstate 15 sehr entspannt. Staunend rauschten wir den Highway entlang und bewunderten die bizarren roten Felsformationen um uns herum. Die Weite des Landes und die Schönheit der Landschaft gaben uns das Gefühl von absoluter Freiheit. Im Radio lief der Titel »Ring of Fire« von Johnny Cash. Den Refrain sangen wir laut mit und gestikulierten mit unseren Armen.

> And it burns, burns, burns
> The ring of fire, the ring of fire
> The ring of fire, the ring of fire

Luzi besuchte in Deutschland einen Line Dance-Kurs und wartete immer noch auf eine Gelegenheit, um mir ihr Gelerntes zu demonstrieren. Bei diesem Titel konnte sie ihre Füße einfach nicht stillhalten.

Etwa auf halber Strecke entdeckten wir einen

großen *Walmart*. Der Markt kam uns sehr gelegen und wir konnten unsere Vorräte an Trinkwasser und frischen Lebensmitteln auffüllen.

Bevor wir unsere Fahrt fortsetzten, gönnten wir uns ein leckeres Eis. Dieses Vanilleeis mit Sauerkirschen und Schokosplittern entwickelte sich schnell zu unserer Lieblingssorte. Seinen Namen erhielt das Eis zu Ehren des Gitarristen Jerry Garcia von der Gruppe Grateful Dead. Im sogenannten »Summer of Love« der 1960er Jahre erlangte die Band große Bedeutung in San Francisco.

Ein kleiner Geheimtipp: Das Eis schmeckt auch köstlich, wenn es vollständig aufgetaut ist und man es fast trinken kann. Es sollte jedoch noch kühl sein. Das hatte übrigens Luzi herausgefunden, als sie einmal vergessen hatte, das Eis in die Kühltasche zu tun. Leider wird diese Sorte in Deutschland nicht mehr angeboten. Seit Kurzem gibt es hierzulande aber eine Variante bei der statt Vanilleeis Schokoeis verwendet wird.

Wir hatten unser Eis verspeist und wollten gerade in unseren Wagen einsteigen, da tippte mir jemand auf die Schulter.

»Excuse me, Miss.«

Es war ein Polizist. Er wollte unsere Pässe sehen und bat uns mitzukommen. Auf dem Weg zum

Einsatzfahrzeug gab er uns zu verstehen, dass der 20-Dollar-Schein, mit dem wir soeben unser Eis bezahlt hatten, Falschgeld sei und dass wir nun mit einer hohen Strafe rechnen müssten.

Das hatte uns gerade noch gefehlt. Ich bekam einen großen Schreck und sah mich schon bis ans Ende meiner Tage in einem amerikanischen Gefängnis sitzen. Vielleicht würde ich sogar auf dem elektrischen Stuhl landen.

Zum Glück wusste ich genau, woher ich diesen Schein hatte. Ich hatte ihn im *Walmart* in Las Vegas zurückbekommen, als ich dort mit zwei 50-Dollar-Scheinen bezahlt hatte. Also holte ich tief Luft und erklärte dem Polizisten, wie ich an den falschen Schein gekommen war. Dabei bemühte ich mich, es ihm glaubhaft rüberzubringen.

Stirnrunzelnd setzte er sich in seinen Wagen und telefonierte sehr lange mit dem Police Department.

Schließlich stieg er aus, entschuldigte sich und sagte lächelnd: »Sie Josie und Luzi?«

Wir nickten erleichtert. Uns fiel ein Stein vom Herzen.

Der Polizist gab uns unsere Pässe zurück und ließ uns weiterfahren. Den falschen Schein behielt er allerdings. Aber das war uns egal. Allemal besser, als im Knast zu landen, wie einst Al Capone in *Alcatraz*.

Worauf man in Amerika alles aufpassen muss! Wir wussten bereits, dass man hier wegen des Falschgeldes auf der Hut sein sollte. Deshalb hatten wir uns in Deutschland auf der Bank vorsorglich fast nur kleine Scheine geben lassen. Am sichersten ist eben doch das bargeldlose Bezahlen, nicht ohne Grund war es in Amerika schon damals stark verbreitet.

Erleichtert fuhren wir weiter und erreichten gegen 14 Uhr unser kleines Hotel. Es lag etwa 30 Kilometer vor dem *Bryce Canyon*. Nach dem Einchecken duschten wir uns kurz kalt ab und dann ging es gleich wieder los. Um unsere Zeit optimal zu nutzen, wollten wir den *Bryce Canyon* noch am selben Tag erkunden.

Der *Bryce-Canyon*-Nationalpark liegt im Südwesten des Staates Utah auf dem Colorado-Plateau. Er ist nach dem *Grand Canyon* der spektakulärste Park im Südwesten der USA und gehört zu den beliebtesten Naturwundern Amerikas.

Wir fuhren den Utah-Highway 12 entlang. Etwa 15 Kilometer vor dem Nationalpark durchquerten wir den *Red Canyon*. Er ist etwas kleiner als sein großer Bruder Bryce, kann es aber trotzdem mit ihm aufnehmen. Auch hier bewunderten wir die bizarren roten Felsnadeln, die »Hoodoos« genannt werden und eine Höhe von bis zu 60 Metern erreichen. Die rote Färbung erhält die Gesteinsschicht durch das darin enthaltene Eisenoxid.

Auf einem kleinen Parkplatz zwischen zwei großen Bögen, die genau über dem Highway verliefen, gönnten wir uns eine kurze Rast. Die Landschaft wirkte so überwältigend, dass wir sie uns genauer ansehen wollten.

Die meisten Besucher fahren hier einfach durch, weil der *Red Canyon* selten in einem Reiseführer auftaucht. Doch nicht alle Touristen verschmähen dieses Naturwunder. Zeitgleich mit uns legte eine Gruppe von Harley-Davidson-Fahrern hier einen Zwischenstopp ein. Wir sahen aber schnell, dass nichts für uns dabei war. Alles nur alte Männer, die haben wir auch zu Hause.

Für die letzten 15 Kilometer bis zum *Bryce Canyon* benötigten wir nicht einmal eine Viertelstunde. Wir fuhren durch den Eingang und erreichten gleich darauf einen großen Parkplatz. Unmittelbar daneben befand sich das Visitor Center, ein Gebäude im rustikalen Stil.

»Was meinst du, Luzi. Nehmen wir den Shuttle-Bus oder fahren wir mit dem Jeep durch den Park?«

»Ich bin für den Jeep. Sieh doch, wie voll die Busse sind. Da bekommt man ja Platzangst. Außerdem können wir Aussichtspunkte anfahren, bei denen der Shuttle-Bus nicht hält.«

»Dann fahren wir mit dem Auto. Umweltfreundlicher ist natürlich der Shuttle-Bus, der zudem noch elektrisch fährt. Aber im Auto haben wir es bequemer.«

»Na, dann lass uns starten, Josie.«

Der *Bryce Canyon* entspricht nicht der geologischen Definition eines Canyons, da er nicht durch einen Fluss gebildet wurde, sondern durch Erosion.

Wenn möglich, sollte man den Park entweder am frühen Morgen oder am späten Nachmittag besuchen. Zu diesen Zeiten kann man bei tief stehender Sonne ein faszinierendes Farbspiel bewundern, das sich mit den Lichtverhältnissen verändert.

In einem Reiseführer hatten wir gelesen, dass es am besten ist, wenn man von der anderen Seite des Parks mit der Besichtigung anfängt und sich dann bis zum Visitor Center vorarbeitet. Somit kann man anhalten, wo man will, und hat obendrein alle Aussichtspunkte auf der rechten Seite.

So viel Zeit besaßen wir an diesem Tag leider

nicht. Folglich konzentrierten wir uns auf die wichtigsten Punkte.

Staunend betrachteten wir die bizarren Sandsteinelemente, die wie versteinerte Figuren aneinanderhingen und orange-rot in der Sonne leuchteten. Wir spazierten zwischen dem *Sunrise Point* und dem *Sunset Point* ganz langsam und gemütlich am *Rim Trail* entlang, der uns mitten hinein in die geologische Wunderwelt leitete. Zunächst ging es steil hinab, was mir einige Schwierigkeiten bereitete. Am anderen Ende führte uns der Wanderweg etwas gemächlicher wieder hinauf. Für mich war es sehr anstrengend. Luzi dagegen, die (durchtrainierte) ehemalige Leistungssportlerin, hatte weniger Probleme beim Kraxeln.

Man kann geteilter Ansicht sein, ob es am *Grand Canyon* oder am *Bryce Canyon* schöner ist. Mir hat der *Bryce-Canyon*-Nationalpark besser gefallen. Aber das ist meine ganz persönliche Meinung.

Ab zum Monument Valley

Am nächsten Tag lag eine längere Fahrt vor uns. Über 500 Kilometer waren es bis zum *Monument Valley* und wir wollten möglichst früh am Morgen starten. So kam es uns gelegen, dass das Frühstück im Zimmerpreis inbegriffen war.

In Amerika unterscheidet man meist zwischen Continental Breakfast und American Breakfast. Wenn beides zur Auswahl steht, würde ich das American Breakfast empfehlen. Es ist viel reichhaltiger und beinhaltet oft Rühreier, Speck, Würstchen, Toast, Obstsalat und in Ahornsirup getränkte Pfannkuchen. Das Continental Breakfast besteht in der Regel nur aus dünnem Kaffee und einem Stück Kuchen oder einem Muffin. Aufschnitt oder Vollkornbrötchen kennt man in Nordamerika nicht.

Für uns gab es an diesem Morgen unter anderem Ham and Eggs, Muffins und Obstsalat. Auf diese Weise für den Tag gestärkt brachen wir auf.

Nachdem wir etwa die Hälfte der Strecke zurückgelegt hatten, erreichten wir den Ort Page in Arizona. Nun war es nicht mehr weit bis zum *Horseshoe Bend* – so nennt sich die Flussschleife des Colorado. Der Fluss vollzieht hier eine

360-Grad-Wendung und hat sich 300 Meter in den Sandstein eingeschnitten.

Wir steuerten den Parkplatz an, um uns diese Touristenattraktion anzusehen. Damals konnten wir das Auto kostenlos dort abstellen, mittlerweile muss man 10 Dollar berappen.

Vom Parkplatz aus mussten wir knapp einen Kilometer in der prallen Sonne zurücklegen, bis wir endlich das Plateau erreichten. Aber wenn Luzi und ich das geschafft haben, schaffen andere das erst recht. Zum Glück hatten wir genügend Wasser mitgenommen, in der Hitze wären wir sonst sicherlich ausgetrocknet.

Horseshoe Bend war jedoch nicht die einzige Zwischenstation, die wir auf unserem Weg zum Monument Valley anfuhren. Unser nächstes Ziel war der *Antelope Canyon*, der nur wenige Kilometer entfernt liegt.

Der *Antelope Canyon* ist die meistbesuchte Schlucht im Südwesten der USA. Sie entstand durch fließendes Wasser und ist aufgrund ihrer einzigartigen Geografie ein unbedingtes Muss für alle Touristen, die sich in der Nähe tummeln.

Man unterscheidet zwischen dem *Upper Canyon* und dem *Lower Canyon*. Luzi und ich entschieden uns dafür, den *Upper Canyon* zu besuchen, weil er ebenerdig und für ältere Menschen besser begehbar ist.

Der *Antelope Canyon* liegt in der *Navajo Nation Reservation* und gehört somit zum größten Indianerreservat der USA. Die Navajo-Indianer, die das Gebiet verwalten, sind mit über 330.000 Stammesangehörigen der zweitgrößte indianische Volksstamm der Vereinigten Staaten. Sämtlicher Tourismusbetrieb am *Antelope Canyon* wird von den Indianern selbst ausgeübt. Sie holen die Touristen am Parkplatz mit einem offenen Shuttle ab und fahren sie zum Eingang des Canyon.

Luzi und ich hatten Glück, denn wir erreichten gerade zum Mittag die Schlucht. Um diese Tageszeit sorgt die hereinscheinende Sonne für fantastische Farb- und Lichtspiele. Deshalb kostet der Eintritt während dieser Zeit etwas mehr. Ganz schöne Schlitzohren, die Indianer.

Man sollte unbedingt ein Handy oder einen Fotoapparat mitnehmen, um diese weltbekannten und fantastischen Naturerscheinungen als Erinnerung festzuhalten. Fotoaufnahmen sind nicht kostenpflichtig, für Aufnahmen mit dem Camcorder muss man allerdings extra bezahlen. Unsere Filmaufnahmen machten wir mit dem Handy und tricksten somit die Indianer aus.

Die Lichtverhältnisse im Canyon verlangen

spezielle Einstellungen an der Kamera oder am Handy, damit optimale Bilder entstehen. So braucht man sich hinterher nicht wegen misslungener Fotos zu ärgern. Wer davon keine Ahnung hat, kann das Gerät problemlos den Indianern anvertrauen, die gern helfen. Ich staunte, wie präzise sie sich mit allen Arten von Kameras und Handys auskennen und bei jedem Typ (damit ist die Kamera gemeint, nicht der Tourist) die richtige Einstellung finden. Ein großes Kompliment an die Indianer.

Die Schlucht ist etwa 400 Meter lang und 45 Meter hoch. Die Touristen werden in mehrere Gruppen aufgeteilt, die einmal bis ans Ende durchgehen und anschließend denselben Weg wieder zurücklaufen.

Unser Besuch im *Antelope Canyon* war eines der eindrucksvollsten und unvergesslichsten Erlebnisse, die wir im Wilden Westen hatten.

Danach steuerten wir unsere nächste Unterkunft an. Sie lag in einem Dorf namens Bluff. Der Ort war so winzig, dass sich alle Katzen mit »Du« anredeten. – Kleiner Scherz. Hier duzten sich ohnehin alle, nicht nur die Katzen.

In Bluff hatten wir uns für zwei Nächte ein kleines Landhaus gemietet, ein sogenanntes Cottage. Den Schlüssel dafür fanden wir in einem Kästchen neben der Eingangstür. Den Code zum Öffnen des Kästchens hatten wir zuvor per E-Mail erhalten.

Im Haus befanden sich, neben einer gut ausgestatteten Küche mit Kühlschrank, sogar eine Waschmaschine und ein separater Trockner. Es fehlte uns also an nichts.

Nach diesem ereignisreichen Tag wollten wir uns zum Abendessen ein Gläschen Wein gönnen. Deshalb fuhren wir zu einem Supermarkt, der etwa 20 Meilen vom Cottage entfernt lag. – Entschuldigung, ich bin schon wieder ganz bei den amerikanischen Verhältnissen. 20 Meilen entsprechen 32 Kilometer.

Wir suchten alle Regale ab, doch im ganzen Markt gab es keinen Alkohol. Jegliche Mühe, eine Flasche Wein zu finden, blieb erfolglos. Schließlich fiel mir ein, dass wir uns im Bundesstaat Utah befanden. Dort gibt es in der Öffentlichkeit keinen Alkohol zu kaufen. So ein Pech aber auch. Daran hätten wir viel früher denken sollen. Obwohl ich es in einem Reiseführer gelesen hatte, nahm ich diese Gegebenheit nicht richtig ernst. In Deutschland wäre ein Supermarkt, in dem kein Alkohol im Regal steht, undenkbar.

70 Prozent der Bevölkerung in Utah gehören der Kirche der Heiligen der Letzten Tage, also den

Mormonen, an. Diese Religionsgemeinschaft hat strenge Richtlinien. Jeder Mormone muss ein Zehntel seines Einkommens an die Kirche abgeben. Darüber hinaus werden sie angehalten, keinen Alkohol zu trinken, nicht zu rauchen und keine Drogen zu konsumieren. Das war der Grund, warum wir im Supermarkt vergeblich nach Wein suchten.

Alkohol ist sowieso eine heikle Sache in den USA. In der Öffentlichkeit ist es streng verboten, Alkohol zu trinken. Deshalb sieht man immer mal Menschen, die eine Flasche Bier oder Wein in einer Papiertüte halten, damit es nicht so auffällt. In Las Vegas ist es allerdings nicht verboten. Außerdem darf man im Auto keine angebrochenen Alkoholflaschen befördern und auch für den Beifahrer gilt die strenge 0,0-Promille-Regel. Es ist ratsam, sich daran zu halten, denn bei Verstößen drohen harte Strafen und man landet schnell mal im Gefängnis.

Abends konnten wir draußen vor dem Cottage gemütlich Abendbrot essen und den fantastischen Sonnenuntergang über den roten Bergen genießen. Der Anblick entschädigte uns für die erfolglose Fahrt zum Supermarkt und die sich daraus ergebene Zwangsabstinenz. Statt süffigem Wein aus Kalifornien gab es leider nur lauwarmes Wasser aus der Plastikflasche.

In Acht nehmen mussten wir uns lediglich vor Skorpionen und Klapperschlangen, die jedoch in der Regel die Nähe des Menschen scheuen.

Luzis Malheur am Monument Valley

Am nächsten Morgen freuten wir uns auf den Besuch im *Monument Valley* und waren sehr gespannt, was uns dort erwarten würde. Nach dem zeitigen Frühstück vor unserem Cottage machten wir uns sofort auf den Weg. Die Sonne stand noch tief und die Temperaturen waren recht angenehm.

Auf dem Highway herrschte kaum Verkehr, sodass wir etwas langsamer fahren und die traumhafte Landschaft genießen konnten. Im Autoradio lief der Titel »Sweet Home Alabama« von Lynyrd Skynyrd, der hervorragend zu unserer ausgelassenen Stimmung passte.

Die Route führte uns vorbei an der kleinen Siedlung *Mexican Hat* im Bundesstaat Utah, wo nur dreißig bis vierzig Menschen leben. Östlich davon liegt eine Felsformation, die wie ein mexikanischer Sombrero aussieht und ein beliebtes Fotomotiv darstellt. Sie gab der Siedlung ihren Namen.

Luzi hatte wohl am Morgen zu viel Kaffee getrunken, denn bereits nach einer halben Stunde Autofahrt stupste sie mich von der Seite an. Wenn sie dies tat, wusste ich genau, was sie wollte.

»Du, Josie, halt mal an, ich muss mal.«

»Das war klar. Du mit deiner Konfirmandenblase.«

Ich checkte die Lage. Auf dem Highway, der kilometerweit geradeaus verlief, war weder vor noch hinter uns ein Auto unterwegs. Ich sah nur ein glitzerndes Flimmern am Horizont, hervorgerufen durch die enorme Hitze.

Am Straßenrand befanden sich mehrere Parktaschen. Ich stoppte den Wagen und Luzi stieg aus. Sie lief eilig einige Schritte hinein in die rote, staubige Wüste. Im selben Augenblick erblickte ich in der Ferne ein Auto, das sich mit hoher Geschwindigkeit näherte. Weiß der Geier, wo das auf einmal herkam!

Ich gab Luzi ein Zeichen und rief: »Warte noch, ein Auto! Pass auf, ein Auto!«

Wie so oft hörte mich Luzi nicht. Ohne sich umzuschauen, kauerte sie sich hin und verrichtete ihr Geschäft.

Der Wagen näherte sich rasch und ich gestikulierte mit Armen und Beinen. Dann endlich kapierte sie. Umgehend nahm sie ihren Cowboyhut vom Kopf und hielt ihn sich als Sichtschutz zwischen ihre Beine.

Kurz bevor das Auto an mir vorbeirauschte, hupte der Fahrer und hob grüßend seine Hand.

Luzi winkte zurück, aber nicht etwa mit der linken, freien Hand, sondern mit der rechten, in der sie ihren Hut hielt.

Ich griff mir an den Kopf und schüttelte denselben. Das war aber längst nicht alles.

Plötzlich sprang sie auf und schrie: »Eine Schlange! Hilfe, Josie, eine Kobra!«

Wie ein aufgescheuchtes Huhn eilte sie zum Jeep zurück und rief dabei: »Sie hat sich direkt auf mich zubewegt und wollte mich in den Popo beißen!«

Ich rügte sie: »Nicht nur, dass du fremden Männern so mir nichts dir nichts dein Heiligtum präsentierst. Jetzt sind auch noch die Schlangen hinter dir her. Wäre ich nur alleine gereist.«

»Ach was. Schau es dir doch selbst an!«

Hastig brachte Luzi ihre Klamotten wieder in Ordnung und führte mich zu jener Stelle, wo sie sich gerade fremden Leuten zur Schau gestellt hatte.

»Mit dir macht man was mit, meine Gute«, sagte ich. Dann schaute ich genauer hin. »Oh, oh, da ist ja tatsächlich eine Schlange.«

Das Tier lag gemütlich und entspannt im Schatten eines Joshua Trees und schlief.

»Aber es ist keine Kobra, Luzi. Es ist eine Klapperschlange.«

Luzi sagte nichts darauf. Sie schaute mich nur ängstlich an.

»Hast du gehört? Eine sehr giftige Klapperschlange – oder Rattlesnake, wie man hier sagt.

Komm jetzt, wir fahren weiter. Versprich mir, dass du das nächste Mal besser aufpasst, wo du dich hinsetzt. Und auch, mit welchem Arm du den vorbeifahrenden Männern zuwinkst.«

»Ist ja gut, Josie. Aber wie meinst du das mit dem Winken?«

Ich verdrehte die Augen. Sie schnallte es immer noch nicht.

»Ein bisschen verpeilt bist du schon. Komm jetzt endlich, wir müssen weiter.«

Das *Monument Valley* ist eine Ebene an der südlichen Grenze des Staates Utah und reicht hinein bis in den Norden von Arizona. Es liegt, wie der *Antelope Canyon,* in der *Navajo Nation Reservation.* Die roten Tafelberge dienten mehrfach als Kulisse für Filme, besonders für Western. Deshalb wird das Valley auch als »John-Ford-Country« bezeichnet. Unter anderem wurden Szenen der Filme »Spiel mir das Lied vom Tod« und »Easyrider« dort gedreht.

Das *Monument Valley* ist kein staatlicher Nationalpark. Somit werden pauschale Eintrittskarten, die für sämtliche Nationalparks der USA gültig sind, dort nicht anerkannt. Stattdessen bezahlt man auf dem Parkplatz vor dem Visitor Center pauschal 20 Dollar. Dieser Betrag berechtigt dazu, mit dem Auto durch einen kleinen Teil des Valleys zu fahren.

Man sollte jedoch bedenken, dass die Straße nicht befestigt ist. Wenn es eine Zeit lang nicht geregnet hat, ist sie außerdem sehr staubig. Dann kann es schon mal vorkommen, dass am Ende der Rundfahrt die Karosse des Fahrzeuges von feinem rotem Sand bedeckt ist. In solch einem Fall hilft nur eine Autowäsche. Von Vorteil ist es auch, vor der Fahrt die Lüftung auszuschalten, sonst könnte es anschließend Probleme mit der Klimaanlage geben.

Ungeachtet aller Warnungen in den Reiseführern gönnten wir uns die kleine Rundfahrt durch das Valley. An den wichtigsten Punkten hielten wir kurz an und schossen ein paar Fotos. So auch an der Stelle, wo das berühmte Bild des Marlboro-Mannes entstanden ist.

Tatsächlich befand sich auf dem Felsen sogar ein Mann mit einem Pferd. Er stand natürlich nicht zufällig dort. Für ein paar Dollar konnten sich Besucher auf dem Pferd ablichten lassen.

Diese Gelegenheit ließ sich Luzi nicht entgehen. Wie eine Squaw schwang sie sich auf das Ross, rückte ihren Cowboyhut zurecht und imitierte den coolen Blick des Mannes aus der Zigaretten-Werbung. Das Foto holten wir am Ende am Visitor Center ab. Es kostete 20 Dollar.

Auf der Rückfahrt saß Luzi am Steuer und ich entspannte mich auf dem Beifahrersitz. Unterwegs mussten wir unbedingt Tanken, um es überhaupt noch bis nach Bluff zu schaffen. Luzi war extrem nervös, denn es war das erste Mal, dass sie diese Aufgabe übernehmen musste. Bisher hatte ich immer getankt.

Wir hielten an der Säule einer Tankstelle an. Luzi nahm ihren Geldbeutel, stieg aus und ging in das Gebäude.

An den meisten Tankstellen in Amerika muss man zuerst zur Kasse gehen und kann danach für den Betrag tanken, den man bezahlt hat. Sollte der Tank früher voll sein, erhält man natürlich den Rest des Geldes zurück. Diese Vorgehensweise würde ich mir in Deutschland auch wünschen. Ein entsprechender Vorschlag wurde jedoch schon einmal abgeschmettert, mit der Begründung, dass die Umrüstung zu teuer wäre. Was soll man dazu noch sagen?

Nach wenigen Minuten kam meine Luzi zurück. Zu meiner Verwunderung stieg sie direkt ins Auto und fuhr los.

»Luzi, hast du vielleicht etwas vergessen?«, fragte ich verblüfft.

»Vergessen? Ach was ...« Dann fiel es ihr wie Schuppen von den Haaren. »Oh! Natürlich, das Tanken.«

Sofort drehte sie um und steuerte dieselbe Zapfsäule an. Dort wartete bereits der Tankwart auf uns und hielt sich den Bauch vor Lachen.

»Das war reine Gewohnheit. Ich hatte es schon wieder vergessen«, sagte Luzi, als wir mit vollem Tank weiterfuhren.

»Meine Luzi, muss ich mir Sorgen machen? Zurzeit bist du etwas schusselig.«

»Ach was. Alles ist gut.«

Unser letzter Abend vor der Weiterfahrt nach Flagstaff war gekommen und wir mussten Abschied nehmen. Auf die schönen Erlebnisse im *Monument Valley* konnten wir leider nur mit Wasser anstoßen. Als Entschädigung genossen wir zum Sonnenuntergang erneut die einmalige Aussicht auf die roten Berge.

Flagstaff und Sedona

Am nächsten Tag setzten wir unsere Reise in Richtung Süden fort und erreichten nach wenigen Stunden Flagstaff in Arizona. Der bekannte Ort liegt an der historischen Route 66, die an dieser Stelle durch die Interstate 40 ersetzt wurde und erst in Williams wieder beginnt.

Bereits am frühen Nachmittag kamen wir im Hotel *Little America* an. So blieb uns genügend Zeit für einen Ausflug in die etwa 50 Kilometer entfernte Wüstenstadt Sedona. Sie liegt eingebettet zwischen roten Felskuppen, steilen Canyon-Wänden und Kiefernwäldern. Bekannt ist sie vor allem für ihre florierende Künstlerkolonie. Im Zentrum der Stadt befinden sich zahlreiche New-Age-Läden und Kunstgalerien.

Ein Hollywood-Studio hatte in Sedona sogar eine Filmranch erbaut. In der Folge entstanden vor der traumhaften Kulisse etwa sechzig Westernfilme, unter anderem »Der schwarze Reiter« mit John Wayne.

Uns interessierten vornehmlich die vielen Galerien und Läden, von denen wir einige besuchten. Neben Indianerschmuck stand allerlei Kunsthandwerk in den Regalen.

Vor einer Galerie blieb Luzi plötzlich stehen und starrte wie gebannt auf eines der präsentierten Bilder. Es war in Öl auf Leinwand gemalt und stellte den Zieleinlauf eines 100-Meter-Sprints der Frauen dar.

»Gefällt dir das Bild?«, fragte ich Luzi, deren Blick immer noch auf das Gemälde gerichtet war.

»Es erinnert mich an etwas. Ich weiß nur nicht, woran. Ich überlege schon die ganze Zeit.«

»Vielleicht bist du das, die gerade die Arme hochreißt?«, scherzte ich.

»Kannst du erkennen, Josie, wie der Maler heißt? Der Name steht da unten rechts. Ich kann ihn nicht lesen.«

»Warte, da muss ich zuerst meine Brille aus der Handtasche holen.«

Schnell hatte ich sie aufgesetzt und beugte dann den Kopf etwas vor. »Ich glaube, da steht H Punkt Meissner.«

»Irrst du dich auch nicht?«

»Nein, es steht auf dem Bild.«

»Ich krieg' die Krise! Wenn das stimmt, bin ich es tatsächlich, die gerade die Arme hochreißt.«

»Was redest du da schon wieder, Luzi? Wie kommst du auf ein Gemälde, das in einer Galerie mitten in Amerika hängt?«

»Das wüsste ich auch gern. Komm, Josie, das schauen wir uns genauer an!«

Wir betraten die Galerie. Sofort kam ein Mann auf uns zu und begrüßte uns.

»Hi, what can I do for you?«

Ich versuchte auf Englisch zu antworten.

»Only, we have a look at this pictures.«

An meinem schlechten Englisch und unserem Akzent erkannte der Herr sofort, wo wir herkamen.

»Oh, you are from Germany! Ich bin auch Deutscher. Vor vierzig Jahren bin ich mit meiner Frau ausgewandert, hier in diese traumhafte Landschaft. Ich heiße Heiko Meissner.«

Luzi schaute dem Mann forschend in die Augen.

»Ich glaube, wir kennen uns«, sagte sie.

»Ja? Wie kommst du darauf?«, fragte er verblüfft.

»Weil ich das da auf dem Bild bin.«

Er ging zu dem Gemälde an der Wand und schaute es sich einen Augenblick an. Dann sagte er: »Als Vorlage für das Bild diente mir ein Foto. Ich studierte damals an einer Sporthochschule in Deutschland. Es war die Zeit der Prüfungen. Die junge Frau auf dem Bild, die gerade als Siegerin durchs Ziel läuft, war meine heimliche Liebe. Ihr

Name war Luzi. Und wo bist du auf dem Bild zu sehen?«

Luzi ging ein paar Schritte auf ihn zu.

»Ich bin die ... Siegerin.«

Dem Herrn verschlug es die Sprache. Er wusste nicht, was er sagen sollte. Luzi und er schauten sich tief in die Augen. Dann nahmen sie sich kurz in die Arme.

»Du bist ... das gibt es doch nicht ...«, stammelte er. »Nach fast fünfzig Jahren ... ich kann es nicht glauben.«

»Warum hast du mir damals nicht deine Liebe gezeigt?«, fragte Luzi.

»Es ging nicht. Ich hatte schon lange eine feste Freundin, die Martina. Wir haben später geheiratet. Wir sind immer noch zusammen und uns gehört diese Galerie hier.«

»Man sieht sich eben immer zweimal im Leben«, meinte Luzi. »Ob du es glaubst oder nicht: Ich war damals auch ein wenig in dich verliebt. Ich habe mich aber nicht getraut, dich anzusprechen. Du hast immer einen zurückhaltenden Eindruck auf mich gemacht. Ich dachte, du wolltest von mir nichts wissen. Außerdem war da ja Martina. Ich wusste von eurer Beziehung. Sie war zwei Semester unter mir, ich kannte sie nur vom Sehen. Ja, so ist es manchmal im Leben.«

»Wollen wir uns nicht nebenan in das Café setzen? Die haben leckeren Kuchen. Der Besitzer kommt auch aus Deutschland, wie viele hier in der Stadt. Bei ihm kann man sogar Schwarzwälder Torte essen«, schlug er vor.

Jetzt klinkte ich mich auch wieder ins Gespräch ein: »Wow, das klingt gut«, entgegnete ich freudestrahlend. »Dann nichts wie hin! Schwarzwälder Torte habe ich lange nicht mehr gegessen.«

Im Café gab es noch ein paar freie Plätze. Wir fanden sogar einen Tisch mit Blick auf die roten Berge.

»Was macht ihr eigentlich hier? Urlaub?«, fragte Heiko.

»Wir sind gerade auf einer Rundreise durch den amerikanischen Westen«, antwortete ich stolz.

»Oh, prima. Da habt ihr sicher schon einige Highlights gesehen?«

Ich schaute Luzi an und holte tief Luft.

»Das kann man wohl sagen. Ein großer Teil liegt aber noch vor uns.«

Wir erzählten Heiko von unseren Erlebnissen und was wir noch vorhatten. Er war begeistert, welchen Unternehmungsgeist wir in unserem Alter an den Tag legten.

Nach einer halben Stunde kam Heikos Frau, die Martina, an unseren Tisch.

»Schau mal, Martina, wer das ist! Luzi, eine meiner Kommilitoninnen von der Sportschule. Und das ist Josie, ihre Freundin. Ist das nicht ein Zufall, sie gerade hier zu treffen?«

»Ich freue mich, euch zu sehen«, sagte Martina und gab uns die Hand.

Luzi und Heiko erzählten Martina von ihrer früheren Schwärmerei füreinander. Sie gestand uns, dass sie es damals schon gewusst hatte, aber sie hatte es sich nie anmerken lassen. Immer hatte sie gehofft, dass Heiko sich letztendlich für sie entscheiden würde. So kam es ja dann auch. Vielleicht lag es daran, dass Luzi in eine andere Stadt gezogen war und die beiden sich aus den Augen verloren hatten.

Wir redeten noch eine ganze Weile miteinander, vor allem über unsere Vergangenheit, die grundverschieden war. Gern hätten wir noch länger gequatscht, mussten uns aber leider verabschieden. Es dämmerte bereits und vor der Rückfahrt wollten wir noch im *Whole Foods* zu Abend essen.

Zum Abschied schenkte Heiko Luzi das Bild von ihrem Sieg beim 100-Meter-Lauf. Damit machte er ihr eine große Freude. Bis heute hütet sie das Gemälde wie ihren Augapfel.

Nach einem leckeren Abendessen im *Whole*

Foods Market endete unser kurzer Abstecher in die Künstlerstadt Sedona bereits. Die zufällige Begegnung mit Heiko beschäftigte uns aber weiterhin, besonders Luzi.

Zu gern hätten wir noch etwas von der schönen Natur gesehen, doch während der Rückfahrt nach Flagstaff war es bereits dunkel. Ich musste mich auf der kurvenreichen Straße ziemlich konzentrieren.

Das *Little America* in Flagstaff war übrigens ein überaus schönes Hotel, jedoch etwas hochpreisig. Unsere Zimmer waren sehr sauber. Frühstück war im Preis nicht inbegriffen. Manchmal ist die Auswahl an Hotels eben beschränkt und man muss Kompromisse eingehen.

Auf der Route 66 nach Las Vegas

Es war ein lang ersehnter Traum von mir, einmal auf der legendären Route 66 zu fahren. Nun war es endlich soweit! Wir hatten dafür einen ganzen Tag eingeplant, um einige Sehenswürdigkeiten auf der Strecke zu erkunden.

Auf dem Weg in Richtung Las Vegas steuerten wir als erstes Ziel den kleinen Ort Williams an. Die dortige Hauptattraktion ist sicher *Pete's Route 66 Gas Station Museum*. Es handelt sich um eine ehemalige Tankstelle, in der sich nun ein Museum befindet, das Oldtimer ausstellt. Der Eintritt ist gratis, aber wer etwas spenden möchte, kann dies gerne tun.

Lange konnten wir uns in Williams nicht aufhalten, denn wir wollten es heute bis nach Las Vegas schaffen. Zudem lagen noch weitere interessante Städte auf unserem Weg.

So fuhren wir bald unser nächstes Ziel an, den nostalgischen Ort Seligman, der zum Teil den Touch eines Westerndorfes besitzt. Liebhaber der historischen Route 66 sind hier genau an der richtigen Stelle. Sie finden genügend Erinnerungsstücke an die gute alte Route 66-Zeit. Einige sind echt, andere wiederum originalgetreu nachgebaut.

Seligman besitzt viele witzige Shops und Bars, vor denen eine Menge alter Fahrzeuge zur Besichtigung stehen. Unter anderem erinnern sie an den ersten Teil des Disney-Films »Cars«. Luzi war dermaßen begeistert, dass ich große Mühe hatte, sie zur Weiterfahrt zu bewegen.

Unseren nächsten Halt legten wir in Hackberry ein. Normalerweise bezeichnet der Begriff »Hackberry« einen amerikanischen Zürgelbaum, der zur Familie der Hanfgewächse gehört. Der Ort namens Hackberry jedoch befindet sich direkt an der Route 66 und ist für seinen *General Store* bekannt. Diese historische Tankstelle ist zugleich ein Museum, wenn nicht sogar das coolste Freilichtmuseum an der gesamten Route 66. Hier konnten wir eine Menge Oldtimer besichtigen.

Unsere letzte Station auf dem Weg nach Las Vegas war Kingman, eine Kleinstadt mit etwa 27.000 Einwohnern. Auch an diesem Ort besuchten wir ein Museum, das *Historic Route 66 Museum*. Mit seinen typisch amerikanischen Leuchtschildern und den roten Zapfsäulen vor den Tankstellen ist Kingman auf alle Fälle einen Besuch wert.

Die Route 66 verbreitet ein einzigartiges Flair. Zeitweise fühlten wir uns in die 1940er Jahre versetzt, als sich hunderttausende verarmte Farmer und Landarbeiter auf den Weg in den Westen machten. Jahrelange Dürreperioden hatten sie dazu gezwungen. Sie hofften, in Kalifornien einen Job zu bekommen, sei es auf den riesigen Obstplantagen, in der aufblühenden Rüstungs- und Fahrzeugindustrie oder gar als Musiker. Heutzutage wird die Route 66 hauptsächlich von den letzten verbliebenen Anwohnern und natürlich von Touristen genutzt. Die gut besuchten und beliebten Souvenir-Shops profitieren gern davon.

Nach der kurzen Stippvisite in Kingman fuhren wir auf dem Highway 93 erneut nach Las Vegas, wo wir gegen 17 Uhr unser Hotel erreichten.

Hofbräuhaus in Las Vegas

Wir wohnten im selben Hotel wie zu Beginn unserer Reise, im *Tuscany*. Dort kannten wir uns wenigstens schon aus und der Strip lag ganz in der Nähe. An diesem Abend wollten wir jedoch nicht zum Strip gehen, sondern spontan das Hofbräuhaus besuchen.

Es handelt sich dabei – wie dürfte es anders sein – um eine Nachbildung des Originals in München. Manchmal könnte man wirklich meinen, dass die Amis nur nachbauen können, zumindest hier in Las Vegas.

Das Hofbräuhaus erreichten wir bequem zu Fuß, es lag nur etwa 800 Meter von unserem Hotel entfernt. Zum Glück bekamen wir noch zwei freie Plätze. Normalerweise muss man hier lange vorher anrufen und reservieren.

An dem recht großen Holztisch ohne Tischdecke saß ein nettes älteres Pärchen. Wie sich bald herausstellte, wohnten die beiden in der Nähe von München. Wir kamen schnell ins Gespräch und tauschten unsere bisherigen Erlebnisse aus. Als Landsleute duzten wir uns gleich. Es war sehr lustig, mit den beiden zu plaudern, weil sie ebenfalls das erste Mal Amerika bereisten und deshalb ähnliche Eindrücke hatten wie wir. Erstaunlicherweise wussten sie bereits von unserer Verbrecherjagd im Hotel *Venetian*.

»Ihr seid doch die beiden Omis, die einen lang gesuchten Gangster zur Strecke gebracht haben?«

»Hat sich das jetzt schon bis ins Hofbräuhaus rumgesprochen?«, fragte ich.

»Es gibt kaum jemanden in Vegas, der die beiden Omas Josie und Luzi nicht kennt. Ich habe sogar schon T-Shirts mit euren Namen gesehen.«

»Hast du das gehört, Josie? Wir sind berühmt!«, freute sich Luzi. »Ich möchte auch so einen Stern in Hollywood.«

»Luzi, ich glaube, du hebst gerade ab.«

»Ach was.«

Wie es sich in einem bayerischen Restaurant gehört, bestellten Luzi und ich Schweinshaxe und dazu ein Maß Bier. Alles schmeckte wie zu Hause. Nach dem langen heißen Tag auf dem Highway tat uns besonders das Bier gut. So blieb es nicht nur bei dem einen, es folgte noch ein zweites.

Danach hätte ich wohl besser auf meine Luzi achten sollen, denn sie war schon ziemlich lustig und beschwipst. Eigentlich war es ganz niedlich, auch weil sie obendrein in ihren Westernklamotten eine gute Figur machte. Als Luzi sich dann ein drittes Maß bestellte, ahnte ich Schreckliches. Zugleich war ich gespannt, was nun noch kommen würde.

An diesem Tag spielten die »Dorfrocker« im Hofbräuhaus, eine Musikgruppe aus Kirchaich in Unterfranken. Sie heizten den Gästen ganz schön ein und auch sie erkannten uns auf Anhieb! So kam es, wie es kommen musste: Die »Dorfrocker« begrüßten uns von der Bühne aus und verloren ein paar begeisterte Worte über den Vorfall im *Venetian*. Damit bereiteten sie das Publikum zugleich auf ihren nächsten Titel vor. Es war ihr wohl bekanntestes Lied und passte hervorragend zur Situation.

Die ersten Töne von »Ab geht die Lutzi« erklangen und meine Luzi fing sofort zu tanzen an. Dabei sang sie ganz laut mit. Den angeheiterten Gästen schien es zu gefallen, denn sie klatschten im Takt und stimmten sogar in ihren Gesang ein. So trällerte am Ende das ganze Lokal im Chor »Ab geht die Lutzi«.

Und ab geht die Lutzi
Immer gradeaus
Das Leben ist kein Schlafabteil
Jetzt steh'n alle auf

*Und ab geht die Lutzi
Händchen in die Höh
Wer lang feiert, lebt noch lang
Und wir feiern viel
Wer lang feiert lebt noch lang
Drum feiern alle mit*

Alle Gäste hatten riesigen Spaß. Nur ich saß mit rotem Kopf am Tisch und schämte mich für meine beste Freundin. Als Luzi zu guter Letzt noch auf einen der Holztische stieg und sang, machte ich dem kuriosen Treiben kurzerhand ein Ende.

»Luzi, ich zahle jetzt und gehe dann zurück ins Hotel«, rief ich ihr zu. »Du kannst ja noch hierbleiben. Du bist gerade so schön in Stimmung.«

Da bekam es Luzi mit der Angst zu tun.

»Warte Josie, du kannst mich doch hier nicht alleine lassen. Ich habe Angst, alleine zurückzulaufen. Warte, ich komme mit.«

Luzi kletterte vom Tisch auf einen Stuhl und erreichte dann wieder festen Boden unter ihren Füßen.

Nachdem ich bezahlt hatte, trotteten wir beide Arm in Arm zurück. Trotz alledem war es wieder ein schöner Tag. So gut wie in dieser Nacht schliefen wir während unserer gesamten Rundreise nicht.

Gangsterjagd auf dem Highway

Am nächsten Morgen machten wir uns auf den Weg nach Tulare im Bundesstaat Kalifornien. An diesem Tag lag die längste Strecke unserer Rundreise vor uns – und zugleich auch die trostloseste. Wir wollten über die Interstate 15 zuerst in Richtung Barstow fahren, von dort aus auf dem Highway 58 bis Bakersfield und schließlich den Highway 99 hinauf bis nach Tulare. Die Route führte hauptsächlich durch die Wüste oder öde Landschaften. Aber da mussten wir durch. Solche Gebiete gibt es eben auch.

Ein abenteuerlicher Zwischenfall sorgte während der Fahrt dafür, dass uns nicht langweilig wurde. Etwa in der Mitte der Strecke hielten wir an einem Supermarkt an. Unser Mineralwasser war fast aufgebraucht und in unserer Kühlbox mussten wir einige Lebensmittel auffüllen.

Wir holten uns einen großen Einkaufswagen und steuerten auf den Eingang zu. Etwa 10 Meter vor der Tür kamen uns zwei Männer mit Sturmhauben entgegen. Sie liefen mit gezogenen Pistolen aus dem Markt. Instinktiv versetzte ich meinem Einkaufswagen einen Stoß, sodass er direkt auf einen der beiden zufuhr.

Der Mann konnte nicht mehr ausweichen und der Wagen brachte ihn zu Fall. Während des Sturzes verlor er seine Pistole. Sie schlitterte ein paar Meter auf dem Boden entlang. Sein Komplize war indessen schon weitergegangen. Zum Aufheben der Waffe blieb dem Gestrauchelten anscheinend keine Zeit, denn er sprang umgehend auf und rannte seinem Komplizen hinterher.

Ich eilte sofort zu der Pistole, die einer älteren Frau direkt vor die Füße gerutscht war. Als die Dame sich bücken wollte, war ich eine Zehntelsekunde schneller und hob die Waffe auf.

»Sind die heute im Angebot?«, fragte die Frau auf Englisch. »Das habe ich gar nicht gewusst.«

»Ja, Oma, aber nur auf Rezept«, scherzte ich.

»Auf Rezept?«

Ich lief zu Luzi, die staunend die Pistole in meiner Hand betrachtete.

»Hilfe, eine Pistole. Was hast du vor Josie?«, fragte sie. »Ich habe Angst.«

»Komm, Luzi, die schnappen wir uns! So was Ungezogenes! Die haben bestimmt was geklaut. Möglicherweise Geld. Vielleicht haben sie sogar jemanden erschossen.«

»Ach was«, meinte Luzi.

Wir hasteten zu unserem Auto. In diesem Augenblick spürte ich nicht die geringste Angst. Nachdem wir im Jeep saßen schaute ich schnell nach, wie viel Schuss noch in der Waffe waren. Danach übergab ich Luzi die Waffe und wir fuhren los.

Bei Waffen kenne ich mich ganz gut aus. Schließlich bin ich in einem Schützenverein und habe auch einen Waffenschein. Ich erkannte sofort das Modell der Waffe. Es handelte sich um eine Glock 19. Das Magazin fasste 15 Patronen. Sechs davon fehlten.

Die Gauner hatten nur einen geringen Vorsprung. Sie fuhren nicht auf den Highway, sondern auf die wenig befahrene Route 66, die parallel dazu verläuft.

»Gib Gummi, Josie. Die holen wir uns!«, spornte Luzi mich an und fuchtelte dabei mit der Pistole herum.

»Sei bitte vorsichtig mit der Waffe, die ist geladen«, mahnte ich.

In diesem Moment dachten wir mit keiner Silbe daran, in welcher Gefahr wir uns befanden. Wir, zwei Deutsche, mit einer geladenen Pistole. Die Kräfte zwischen den Gangstern und uns waren zwar gleich verteilt, denn wir besaßen auch eine Waffe. Doch der große Altersunterschied brachte ihnen möglicherweise einen geringen Vorteil.

Wir waren den Gaunern nun dicht auf den Fersen. Der Zustand der Straße verschlechterte sich und ihr Wagen wurde langsamer. Sie fuhren nur wenige Meter vor uns, da fielen plötzlich Schüsse. Die Gangster trafen unseren Jeep einige Male an der Motorhaube und am Codeflügel.

»Das lassen wir uns nicht bieten! Ihr spinnt wohl, ihr Banditen! Wir kriegen euch!«, rief Luzi ihnen zu.

Die Gangster hörten ihre Worte zwar nicht, aber Luzi fühlte sich dadurch siegessicher.

»Na los, Luzi, schieß endlich«, forderte ich sie auf. »Aber ziele bitte nur auf die Reifen! Wie lange willst du noch warten?«

Und Luzi schoss, vielleicht das erste Mal in ihrem Leben. Sie feuerte fast das ganze Magazin leer, einen Schuss nach dem anderen. Wenn ich richtig gezählt hatte, waren jetzt noch zwei Patronen im Magazin.

»Bist du verrückt? Nicht alles auf einmal! Die wissen jetzt, dass wir nur noch zwei Schuss haben.«

»Ach was. Schau mal, die werden immer langsamer.«

Tatsächlich hatte einer von Luzis Schüssen getroffen, und zwar einen Reifen, dem nun langsam die Luft ausging.

Als der Wagen der Gangster schließlich stand, bekamen wir großes Fracksausen. Ich hielt ebenfalls an.

Am ganzen Körper zitternd, sagte ich zu Luzi: »Zum ersten Mal in meinem Leben habe ich Todesangst. Sie werden uns durchlöchern wie einen Schweizer Käse, abschlachten wie ein paar Schweine.«

»Und dann noch vierteilen«, ergänzte Luzi.

Ich schaute sie mit großen, ängstlichen Augen an.

»Wir haben nur noch zwei Schuss«, redete ich auf Luzi ein. »Die müssen sitzen. Da darf nichts, aber auch gar nichts danebengehen! Sonst ist unsere Rundreise an dieser Stelle ein für alle Mal zu Ende.«

Plötzlich hörten wir hinter uns Sirenen heulen. Wir drehten uns um und sahen einen Polizeiwagen, der sich rasch näherte. Uns fiel vor Freude ein Stein vom Herzen.

Die beiden Polizisten schauten uns etwas verdattert an, als sie an uns vorbeifuhren. Wir, zwei alte und obendrein noch bewaffnete Omas, hatten den Gangsterwagen gestoppt. Aber ihr Erstaunen legte sich bald, sie mussten sich ja zunächst um die Verbrecher kümmern.

Das Polizeifahrzeug hielt unmittelbar vor uns.

Die beiden Männer in Uniform sprangen mit gezogenen Waffen aus dem Wagen. Der Motor lief noch. Umgehend suchten sie in gebückter Haltung dahinter Deckung. Mehrfach riefen sie den Gangstern zu, sie sollten sofort aus dem Auto kommen und sich ergeben.

Eine ganze Weile passierte nichts. Erst Minuten später öffneten sich die Fahrzeugtüren. Die beiden stiegen mit erhobenen Händen aus und die Polizisten näherten sich vorsichtig. Der eine hielt die beiden Ganoven mit seiner Waffe in Schach, der andere durchsuchte ihren Wagen und beschlagnahmte die Pistole. Sie hatten ja nur noch eine, die andere war in unserem Besitz.

Aber für uns interessierten sich die Polizisten nicht. Hatten sie es einfach nur vergessen, dass wir bewaffnet waren? Andererseits ist es in Amerika ja normal.

Die Polizisten legten den Ganoven Handschellen an. Nun konnten sie niemandem mehr gefährlich werden. Ein zweites Polizeiauto kam, ließ die beiden Gangster einsteigen und fuhr mit ihnen sofort wieder weg.

Die verbliebenen zwei Polizisten telefonierten kurz und kamen dann zu uns. Wie es sich gehörte, saßen wir immer noch in unserem Jeep und rührten uns nicht vom Fleck.

Zunächst stellten wir uns vor. Das hätten wir uns sparen können, denn die Polizisten sprachen uns gleich mit unseren Vornamen an.
»You are Josie and Luzi?«
Wir nickten. »Yes, we are.«
Wir erzählten ihnen, wie wir in diese Situation geraten waren und dass wir uns gerade auf einer Rundreise befanden. Im Anschluss daran nahmen sie unsere Personalien auf und notierten sich unsere amerikanische Mobilfunknummer. Natürlich erkundigten sie sich auch nach dem nächsten Ziel unserer Tour.
Abschließend dankten sie uns dafür, dass wir so uneigennützig handelten. Sie sicherten uns zu, dass sie *Alamo* wegen eines Austauschwagens informieren würden. Wir bräuchten uns um nichts zu kümmern. Dieser Service sei aber speziell für uns zwei ältere Damen aus Deutschland, Josie und Luzi eben. Zu diesem Zweck notierten sie sich unser Kennzeichen und die Nummer unseres Mietvertrages. Ein Protokoll bekamen wir jedoch nicht in die Hand. Das sollte uns später nach Deutschland zugeschickt werden. Auch sollten wir uns zwecks eventueller Fragen bereithalten.
Damit war für die Polizisten der Einsatz beendet. Sie fuhren los und ließen uns in der Wüste allein zurück.

Wir schauten dem davonbrausenden Wagen nach und staunten nicht schlecht. Auf dem Rücksitz saß wieder der mysteriöse schwarze Mann mit dem sympathischen Lächeln, der uns bereits im Flieger und in Las Vegas begegnet war. Erneut winkte er uns zu und wir winkten verdutzt zurück. Was hatte er ausgerechnet im Polizeiauto zu suchen? War er gar ein Polizist? Zumindest trug er eine Polizei-Uniform. Vielleicht sprach er deshalb immer in Rätseln? Wir waren uns sicher, dass wir es bald herausfinden würden. Doch etwas machte uns stutzig. Warum tauchte dieser Mann stets auf, wenn wir uns in Gefahr befanden?

Da keiner der Polizisten nach der Waffe gefragt hatte, wussten wir nicht so recht, was wir mit ihr machen sollten, und warfen sie einfach in hohem Bogen in die Wüstenlandschaft. Damit hatte sich der Fall für uns erledigt.

Bevor wir weiterfuhren, verschwand Luzi kurz hinter einem der vielen Büsche. Ich nutzte die Zeit, um mir ein wenig die Füße zu vertreten und frische Luft zu schnappen. Na ja, frische Luft war maßlos übertrieben, bei gefühlten 50 Grad in der Sonne.

Während unserer Fahrt nach Tulare hörten wir in den Nachrichten von dem Überfall auf den Supermarkt. Die Täter hatten das Personal bedroht und mehrere Tausend Dollar geraubt. Es soll sogar einen Schusswechsel gegeben haben, bei dem ein Angestellter des Marktes schwer verletzt wurde. Auch von einer wilden Verfolgungsjagd durch zwei durchgeknallte deutsche Omis war die Rede.

Unser silbergrauer Jeep hatte die Gangsterjagd nicht so gut überstanden wie wir. Zwar war er noch fahrtüchtig, doch die auffälligen Löcher in der Karosserie sahen ziemlich doof aus, so als würde er gerade vom Dreh eines Action-Films kommen. Wir hofften auf baldigen und unkomplizierten Ersatz durch die Mietwagengesellschaft, wie es uns die Polizisten versprochen hatten.

Mit unserem durchlöcherten Auto fuhren wir zunächst in Richtung Barstow. Doch weit kamen wir nicht. Nach knapp 40 Meilen (ca. 64 Kilometer) machte Luzi einen entscheidenden Fehler. Sie winkte den Herren der Highway Patrol zu, die am Straßenrand ganz lässig in ihrem Auto saßen und nach Verkehrssündern Ausschau hielten. Normalerweise hätten die Polizisten Luzis Gruß nicht ernst genommen, aber zu unserem Unglück waren unsere Kotflügel unübersehbar durchlöchert.

Es dauerte nur Sekunden, bis wir erneut eine Sirene hinter uns hörten. Die Sheriffs überholten uns schnell und gaben uns ein unmissverständliches Zeichen. Also hielten wir an.

»Luzi, die denken bestimmt, dass wir betrunken sind. Jetzt kann uns nur eins retten: Hände ans Lenkrad und Mund halten. Sonst sind wir bald Geschichte.«

Die beiden stiegen aus und näherten sich unserem Jeep. Einer der Herren wollte unsere Papiere sehen und ging damit zurück zum Einsatzfahrzeug. Soviel ich mitbekam, gab er unser Kennzeichen und unsere Daten per Funk an die Zentrale durch. Der andere Polizist lief mehrfach um unser Auto herum und betrachtete die Einschusslöcher.

Minuten später kehrte sein Kollege wieder zurück. Er übergab uns einen Zettel. Es war eine Genehmigung, dass wir noch bis zu unserem nächsten Hotel weiterfahren dürften. Solch einen Wisch hätten uns die anderen Polizisten ja auch schon geben können.

Er entschuldigte sich freundlich bei uns für die Unannehmlichkeiten. An seinem lächelnden Blick konnte ich erkennen, dass er per Funk über uns aufgeklärt wurde.

»Bye, bye, Josie and Luzi«, sagte er zum Abschied. »Have a nice day.«

»Thank you very much«, antworteten wir im Chor.

Langsam wurde es uns peinlich, überall gleich erkannt zu werden.

Auf dem Weg nach Tulare sahen wir eine Menge weiterer Highway Patrols, doch nun drehte sich der Spieß um. Nicht wir winkten ihnen zu, sondern sie uns. Sicher waren sie von ihren Kollegen bereits per Funk über unsere Begegnung mit den Gangstern informiert, wenn nicht sogar gewarnt worden.

So erreichten wir das Hotel *Comfort Suites* in Tulare, ohne weitere Zwischenstopps einlegen zu müssen. Eine Stunde nach unserer Ankunft kamen schon die Mitarbeiter von *Alamo*. Was für ein fantastischer Service! Sie tauschten unser durchlöchertes Auto problemlos aus. Wieder erhielten wir einen Jeep Renegade, doch diesmal in der Farbe Schwarz.

Das Hotel *Comfort Suites* war ganz ordentlich, sogar der Kaffee schmeckte und auch das Frühstück war genießbar.

Der Sequoia-Nationalpark, den wir am nächsten Tag besuchen wollten, lag zwar einige Kilometer von Tulare entfernt, aber die wenigen Hotels in der Nähe des Parks waren entweder schon belegt oder hatten keine guten Kritiken bekommen.

Am Abend fuhren wir noch zu einem nahegelegen *Walmart*, um unsere Einkäufe zu erledigen, zu denen wir durch den ungeplanten Zwischenfall nicht gekommen sind.

Ausruhen im Sequoia-Nationalpark

Im Zimmerpreis war ein Frühstück inbegriffen. Deshalb begaben wir uns am Morgen zuallererst in den Frühstücksraum.

Als wir eintraten, sahen uns alle anwesenden Gäste merkwürdig an. Auch wir schauten uns an und wunderten uns. Was war das?

Es dauerte nicht lange, bis ich den Grund für die staunenden Blicke herausfand. Am Zeitungsstand entdeckte ich auf der Titelseite einer Zeitung ein Foto von Luzi und mir! In großen Lettern lasen wir Worte wie »Grandmas« und »Heroes from Germany«. Auch unser durchlöcherter Mietwagen war abgebildet. Ein Bildbearbeitungsprogramm machte es möglich, dass auf Luzis Hut eine deutsche Fahne zu sehen war.

Nun war es endgültig aus mit unserer Anonymität. Von nun an waren wir im ganzen Land bekannt wie bunte Hunde. Aber damit mussten wir leben. Augen zu und durch.

Nach den Turbulenzen der vergangenen Tage hofften wir auf ein paar ruhige und erholsame Stunden im Sequoia-Nationalpark. Er ist vor allem wegen seiner Riesenmammutbäume bekannt. Diese immergrünen Bäume können bis zu 95 Meter groß werden und ihr Stammumfang kann an der Basis über 34 Meter erreichen.

Vom Haupteingang aus führte uns die Straße in schier endlosen Kehren hinauf bis in das Herz des Nationalparks. Eine Vielzahl touristischer Haltepunkte verleitete uns immer wieder zu kurzen Fotostopps. Belohnt wurden wir stets mit einem atemberaubenden Blick auf tiefe Canyons zwischen den hohen Bergen.

Etwa 2 Meilen vor der maximalen Höhe von 2.000 Metern erreichten wir eine Abzweigung, die zu der einzigen für Touristen zugänglichen Tropfsteinhöhle führte, die *Crystal Cave*.

Die 11 Kilometer lange Straße verläuft steil bergauf, danach geht es 600 Meter abwärts bis zu einem Parkplatz. Von dort aus sind es noch 800 Meter bis zum Eingang der Höhle. Kinder haben sie 1884 beim Cricketspielen entdeckt, nachdem ein Ball hineingefallen war und sie ihn wiederhaben wollten. Nach der Eröffnung der Höhle gehörte Mark Twain zu den ersten Besuchern.

Wir ließen die Abfahrt zur *Crystal Cave* jedoch links liegen und fuhren geradeaus weiter. Wenig später passierten wir die sogenannten *Four Guardsmen*. Für uns bildeten diese vier beachtlichen Mammutbäume das eigentliche Tor zum Nationalpark. Sie stehen in wenigen Metern Abstand, jeweils zwei auf einer Straßenseite, und sind obendrein ein sehr begehrtes Fotomotiv.

»Halt an, Josie. Hier müssen wir unbedingt ein Foto machen«, schlug Luzi vor. »Ich steige aus und fotografiere dich in dem Moment, wo du die beiden Bäume passierst.«

»Sehr gute Idee, Luzi. Ab und zu scheinst du auch mal lichte Momente zu haben, meine Gute«, scherzte ich.

»Ganz dünnes Eis, Josie, ganz dünnes.«

Nach diesem ungeplanten Fotostopp fuhren wir noch ein Stück weiter und landeten schließlich auf dem Hauptparkplatz am Visitor Center.

Luzi und ich wählten den dreißigminütigen Rundgang auf dem *Big Tree Trail*. Dieser Wanderweg schien uns gerade richtig für zwei alte Omas. Der gemütliche, ebenerdige Pfad führte uns vorbei an vielen mächtigen Mammutbäumen.

Einige Bäume besaßen Brandmarken oder waren angesengt, manche jedoch vollkommen abgebrannt. Der Wüstensalbei, der in der glühenden Hitze wie Zunder brennt, entfacht von Zeit zu Zeit Waldbrände. Überall im Park befinden sich deshalb aufklärende Schilder. Waldbrände werden dort nicht mehr umgehend bekämpft, weil Feuer für den Bestand der Mammutbäume von Relevanz ist. Es lässt sich an einem einfachen

Beispiel erklären: Im heimischen Wohnzimmer öffnen sich die Zapfen der Pinie bei Wärme und geben den Samen frei. Ähnliches geschieht im Mammutbaumwald bei Bränden. Die Asche bietet dem Samen einen guten Nährboden zum Keimen und Wachsen. Ein fantastischer Kreislauf der Natur.

Während unseres Spazierganges hatten wir ein ziemlich aufregendes Erlebnis. Auf einer Lichtung, etwa 150 Meter von uns entfernt, sahen wir einen Bären, der sich in aller Ruhe über einen Heidelbeerstrauch hermachte.

»Was ist denn das dort?«, fragte Luzi und zeigte auf das Tier.

»Wonach sieht's denn aus, Luzi? Eine Giraffe ist es jedenfalls nicht. Vielleicht ein Elefant?«

In Wahrheit war es ein brauner Schwarzbär. Nein, das ist kein Druckfehler. Es klingt zwar komisch, aber in den Nationalparks des amerikanischen Westens gibt es tatsächlich Schwarzbären, die eine silbergraue, rötliche oder bräunliche Färbung aufweisen.

»Ach was. Dass ich das noch erlebe, Josie, ein Bär in freier Wildbahn!«

»Wir müssen ganz still sein, damit wir ihn nicht provozieren.«

»Denkst du etwa, der könnte uns gefährlich werden?«

»Ich hoffe es nicht. Aber du als ehemalige Leichtathletin wärst sicher viel schneller als er.«

»Der frisst da ganz gemütlich Heidelbeeren und hat bestimmt kein Interesse daran, uns etwas anzutun.«

»Man weiß es nicht. Bären können unberechenbar sein«, gab ich zu bedenken.

Am Ende des Rundgangs kamen wir wieder vor dem Parkplatz an. Ich blickte zu unserem Auto und blieb wie angewurzelt stehen.

»Halt, stopp, Luzi! Schau mal!«

Einige Meter von uns entfernt lief ein Bär um unseren Jeep herum und schnupperte überall.

»Ich glaube, wir haben da einen Fehler gemacht«, sagte ich.

»Was meinst du mit Fehler?«

»Siehst du nicht das Schild?« Tatsächlich hing eines direkt am Parkplatz.

Luzi hielt sich ihre rechte Hand vor den geöffneten Mund.

»Oh mein Gott, es warnt extra vor den Bären und wir haben es übersehen!«

»Hier steht, dass alles Essbare in Gefäßen verpackt sein sollte, damit es die Bären nicht anlockt. Die riechen es sogar durch die geschlossene Autotür. Und wir haben unsere Kühltasche mit den Lebensmitteln drin stehen!«

Für leckeres Essen ramponiert so ein niedlicher Bär auch mal ein Auto, um in den Innenraum zu gelangen.

Wir beobachteten den Bären gespannt aus sicherer Entfernung. Als er uns entdeckte, gab er die Suche nach Nahrungsmitteln rasch auf und trottete langsam davon. Sicher wusste er aus Erfahrung, dass nun seine Chancen, an Leckerlis zu kommen, auf ein Minimum geschrumpft waren.

»Das nächste Mal sind wir schlauer. Aus Fehlern lernt man«, meinte Luzi und stieg ein.

Ab jetzt fielen uns auch die Hinweisschilder auf, die überall im Nationalpark hingen. Sie warnten davor, Lebensmittel im Rucksack mit sich herumzutragen.

CAUTION
Active Bear Area
Move all food, coolers,
toiletries and trash from
your vehicle to food storage
lockers day and night.

Im Sequoia-Nationalpark kann man übrigens den größten Baum der Erde, den *General Sherman Tree* besichtigen. Er ist kaum zu verfehlen, man muss einfach, wie die Lemminge, dem allgemeinen Touristenstrom folgen.

Zu diesem großen Baum sind wir nicht noch spaziert. Dafür haben wir einen anderen Höhepunkt während unseres Besuches erlebt. Wir hielten auf einem abgelegenen kleinen Parkplatz, um dort zu picknicken. Ich kramte in unserer Kühltasche, die auf dem Rücksitz stand. Plötzlich stupste mich Luzi an.

»Das gibt es doch nicht«, flüsterte sie. »Schau mal, wer da genau neben uns steht! Ist das nicht der ... Wie heißt der gleich?«

Ich schaute nach links. 3 Meter neben uns parkte ein knallgelber Sportwagen. Die Beifahrertür war offen und draußen turnte eine offenbar leicht angetrunkene, oder auch zugekiffte, junge Frau herum und sang.

Doch wer saß da am Steuer? Ich konnte meinen Augen nicht trauen. Der Mann auf der Fahrerseite war Johnny Depp! Ein Irrtum war ausgeschlossen. Und wenn das Johnny Depp war, dann musste das verrückte Huhn da draußen Amber Heard sein, schloss ich. Damals waren sie noch zusammen, standen jedoch kurz vor der Trennung.

Es waren nur wenige Minuten, die die beiden auf diesem Parkplatz verbrachten, dann stieg

Amber wieder ein und sie fuhren fort. Vielleicht suchten sie auch einen abgelegenen Ort zum Picknicken, wie wir. Schade, ich hätte mir gern ein Autogramm von Johnny geben lassen.

Die Wahrscheinlichkeit, in der Nähe von Hollywood einem bekannten Schauspieler zu begegnen, ist zwar äußerst gering, aber nicht unmöglich, wie wir nun wussten.

Nach diesem fantastischen Tag im Nationalpark fuhren wir wieder zurück nach Tulare in unser Hotel.

Von Tulare nach Mariposa

Die Fahrt nach Mariposa dauerte nur etwa zwei Stunden. Mariposa sollte für uns als Eintrittstor zum Yosemite-Nationalpark dienen, den wir allerdings erst am Folgetag besuchen wollten.

Über die Highways 99, 41 und 49 erreichten wir recht schnell unser Ziel und hatten noch eine Menge Zeit bis zum Einchecken in der Pension. Deshalb fuhren wir auf dem Highway 49 weiter zu dem kleinen Ort Angels Camp im Calaveras County.

Bekanntheit erlangte Calaveras County durch eine Kurzgeschichte von Mark Twain aus dem Jahr 1865. Sie trägt den Titel »The Celebrated Jumping Frog of Calaveras County«. Ihr zu Ehren findet jährlich in Angels Camp ein Wettspringen für Frösche statt. Der Sieger, also der Besitzer des Siegerfrosches, erhält eine Gedenktafel auf dem Fußweg der Main Street, ähnlich wie beim Walk of Fame. Was für eine Gaudi.

Einer unserer Reiseführer hatte uns die Fahrt auf dem historischen Highway 49 empfohlen, weil auf dieser Strecke mehrere kleine Orte liegen, die teilweise noch wie alte Westernstädte aussehen, wie zum Beispiel Sonora oder Coulterville. Es war also keine spontane Entscheidung von uns, obwohl Luzi und mir derartige Reiseplanänderungen durchaus zuzutrauen wären.

Die Nummerierung des Highway 49 geht auf den kalifornischen Goldrausch von 1849 zurück, weshalb er auch *Golden Chain Highway* genannt wird. Er ist nicht nur aus historischen Gründen sehenswert, sondern auch landschaftlich einmalig. Die recht kurvenreiche, aber wenig befahrene Strecke nach Angels Camp führte uns durch die wunderschöne Sierra Nevada.

Die Orte am Highway 49 liegen etwas abseits von den gut besuchten Touristenhochburgen, deshalb hat man nirgends Probleme einen freien Parkplatz zu finden.

An dieser Stelle ein paar wichtige Informationen zum Parken in den USA: Problemlos funktioniert es auf Parkplätzen, vor Supermärkten oder in Parkhäusern. Etwas komplizierter ist das Parken an anderen Stellen, wie etwa auf einer öffentlichen Straße.

Achten Sie unbedingt darauf, ob am Straßenrand Linien zu sehen sind. In Kalifornien sind zu diesem Zweck meist die Bordsteinkanten farbig gestrichen. Falls Sie derartige Linien oder Bordsteinkanten entdecken, dann ist die Farbe entscheidend: Gelb = Halteverbot, Weiß = nur Ein- und Aussteigen erlaubt (maximal fünf Minuten), Blau = für Behinderte, Rot = generelles Halteverbot, Grün = Kurzzeitparkplatz (maximal zehn Minuten).

Beachten Sie auch eventuelle Zusatzschilder, die diese Regelung möglicherweise auf bestimmte Tageszeiten beschränken. Auf alle Fälle dürfen Sie *niemals* Hydranten zuparken. Halten Sie in beide Richtungen einen Abstand von mindestens 5 Metern. Die Amerikaner mit ihren Holzhäusern verstehen in dieser Beziehung keinen Spaß. Also bitte aufpassen! Josie meint es nur gut mit Ihnen.

Am frühen Abend checkten wir in der Pension *Yosemite Nights Bed & Breakfast* ein, die von einem sympathischen älteren Ehepaar geführt wurde. Ruth-Ann und Monty waren etwa in unserem Alter, vielleicht sogar ein wenig jünger.

Der Check-in verlief ganz anders, als wir es von großen Hotels gewohnt waren. Unsere Gastgeber empfingen uns eher wie Besucher, die ein paar Tage bei Freunden verbringen wollten. Ruth-Ann, die Dame des Hauses, sprach extra langsam und deutlich, als wir ihr sagten, dass unser Englisch »not the yellow from the egg« ist. Diese Redewendung kennen Sie sicher von unserem ehemaligen Außenminister Guido Westerwelle.

Immer wieder wies uns Ruth-Ann darauf hin, die Fenster geschlossen zu halten. Ich muss vielleicht ergänzen, dass sich unsere Pension außerhalb von Mariposa befand, besser gesagt: mitten in der Pampa. Ohne NAVI hätten wir vielleicht gar nicht hingefunden.

Jedenfalls wurde die Katze des Hauses ein paar Tage vorher von einer Klapperschlange gebissen. Soviel konnten wir den Ausführungen von Ruth-Ann entnehmen. Glücklicherweise hatte sie (die Katze) den Biss der Schlange überlebt und rannte schon wieder quietschvergnügt im Haus herum.

Das Zimmer in der Pension war recht klein, sodass außer unseren zwei großen Koffern, den beiden Bordgepäcktaschen und unserer Kühltasche nichts mehr Platz gefunden hätte.

Die Kühltasche benötigten wir für unser Abendbrot, das wir freundlicherweise an einem großen Tisch in einem separaten Raum der Vermieter einnehmen durften.

Yosemite-Nationalpark

Die sympathische Oma Ruth-Ann bereitete am Morgen für ihre zehn Gäste ein fantastisches Frühstück zu. Es war das beste während unserer gesamten Rundreise. Warme Würstchen, Auflauf und leckere Süßspeisen standen zur Auswahl. Sogar selbstgebackener Kuchen war dabei, nicht etwa stinknormale Muffins. Also total untypisch für die USA.

Luzi und ich hauten ordentlich rein. Es war uns fast schon peinlich, weil uns die anderen Gäste etwas merkwürdig anschauten. Aber ich denke mal, dass sie uns aus anderen Gründen musterten. Schließlich waren wir die deutschen Exoten, die in Amerika auf Verbrecherjagd gingen. Inzwischen waren wir bekannter als Bonnie und Clyde. Vielleicht auch nur, weil jüngere Menschen gar nicht wussten, wer Bonny und Clyde überhaupt waren.

Während des Essens konnten wir Monty bei der Raubtierfütterung zusehen. Allmorgendlich um die gleiche Zeit kamen Rehe ans Haus, um sich von ihm füttern zu lassen. Auch einige Kolibris labten sich am eigens für sie bereitgestellten Zuckerwasser.

Nach dem leckeren Frühstück brachen wir auf zum Yosemite-Park, einer der größten und bekanntesten Nationalparks der Vereinigten Staaten. Zu den beliebtesten Sehenswürdigkeiten gehören die Wasserfälle *Yosemite Fall*, *Bridalveil Fall* (Brautschleierwasserfall), *Vernal* und *Nevada Fall* sowie die hohen Granitfelsen *Half Dome* und *El Capitan*. Zudem bietet der Park sehr schöne Wanderwege. Doch wie die meisten Touristen wollten wir uns auf das Kernstück beschränken, das *Yosemite Valley*.

Parkmöglichkeiten gibt es zwar viele, trotzdem ist es an manchen Tagen Glücksache, einen freien Platz zu erwischen. Die Zahl der Besucher ist sehr hoch. Vonseiten des Nationalparks denkt man sogar darüber nach, den Einlass zu beschränken und täglich nur eine bestimmte Anzahl in den Park zu lassen – was ich sehr vernünftig fände.

Zuallererst besichtigten wir den Brautschleierwasserfall, der gleich hinter dem Eingang zum Nationalpark liegt. Etwa 200 Meter Fußmarsch sind es vom Parkplatz bis zu diesem Naturschauspiel.

Der *Bridalveil Fall* stürzt sich 188 Meter in die Tiefe und macht seinem Namen alle Ehre. Besonders im Frühjahr, wenn das Wasser als breit gefächerter Strom herunterprasselt, sieht er tatsächlich aus wie ein wehender Brautschleier. Besucher sollten sich hier auf einen hohen Andrang gefasst machen.

Ein unbedingtes Muss sind die *Yosemite Falls*. Mit einer Gesamthöhe von 739 Metern gehören die dreiteiligen Fälle zu den höchsten und bekanntesten Wasserfällen der Welt.

Eine sehr schöne Stelle zum Ausruhen bietet die sogenannte *Sentinel Beach* am Merced River. Einige Besucher nutzen den Strand gerne, um ein erfrischendes Bad in dem glasklaren Wasser zu nehmen. Alternativ kann man sich auch ein Boot ausleihen und ein wenig herumschippern.

In einem Reiseführer hatte ich gelesen, dass man im Merced River Gold finden kann. Dieser Fakt motivierte mich natürlich. Anstatt baden zu gehen, wühlte ich planlos im Sand herum, in der Hoffnung, etwas von dem wertvollen Metall aufzuspüren.

»Was machst du da, Josie? Willst du eine Sandburg bauen?«, fragte Luzi erstaunt, als sie mich buddeln sah.

»Du wirst es nicht glauben, meine Gute, aber hier kann man Gold finden.«

»Gold? Ach was. Das kann ich mir kaum vorstellen.«

»Natürlich! Früher war hier eine Goldmine. Ich werde so lange suchen, bis ich einen Nugget entdeckt habe.«

Luzi machte sich über mich lustig: »Dann soll ich dich wohl auf der Heimfahrt hier wieder abholen?«

Luzis Scherze konnten mich nicht an meinem Vorhaben hindern. Mein fester Wille bescherte mir schließlich den ersehnten Erfolg. Plötzlich sah ich etwas im Sand glitzern. Ich puhlte es heraus und ... es war tatsächlich Gold. So glaubte ich zumindest. Von einem Nugget konnte man zwar nicht reden, aber ich war glücklich, überhaupt etwas aufgespürt zu haben.

»Luzi, schau, ich habe Gold gefunden.«
»Na, na, na, wenn das mal nicht Messing ist.«
»Quatsch, Messing ist eine Legierung. Das liegt hier nicht einfach so herum.«

Luzi scherzte erneut: »Na, da können wir ja den Rest unseres Lebens wie die Made im Speck leben, so riesig wie der Klumpen ist.«

»Luzi, du machst dich lustig. Das gefällt mir nicht.«

Ich verstaute meine Trophäe in meiner Handtasche.

Wir fuhren als Nächstes zum fast 2.200 Meter hoch gelegenen *Glacier Point*. Von dort oben hatten wir einen fantastischen Blick auf den *Half Dome* und auf den Gletscher.

Am Ende unserer Rundfahrt durch den Yosemite-Nationalpark schossen wir, wie alle Touristen, noch ein paar Fotos vom Monolithen *El Capitan* am *Tunnel View*.

Bei unserer Ankunft in der Pension empfingen uns Ruth-Ann und Monty freundlich. Sie waren froh, dass ihre Gäste heil zurückgekehrt waren. Wir hätten uns gern mit ihnen über unsere Eindrücke im Park unterhalten, aber unsere spärlichen Sprachkenntnisse machten uns leider einen Strich durch die Rechnung.

Bonanza-Stadt: Virginia City

Leider mussten wir uns von Ruth-Ann und Monty am nächsten Morgen schon verabschieden. Nach dem wunderbaren Frühstück fiel es uns umso schwerer. Wir bedankten uns für die schöne Zeit, vor allem für das leckere Essen, und machten uns auf den Weg in Richtung South Lake Tahoe.

Im Gegensatz zu der kargen Wüstenlandschaft, die wir bisher durchquert hatten, führte uns der Highway 395 meist durch grüne Wälder mit kleinen Seen und sogar durch Gebiete, in denen ein wenig Schnee lag.

Bevor wir unser Hotel am Lake Tahoe ansteuerten, wollten wir der Westernstadt Virginia City einen Besuch abstatten. Darauf freute ich mich ganz besonders, denn an diesem legendären Ort spielte die Western-Serie »Bonanza«. Die Folgen liefen einst jeden Sonntagabend im Fernsehen und ich ließ mir keine einzige entgehen.

Nun muss ich erwähnen, dass die Stadt nur ihren Namen für die Serie hergab, gedreht wurde woanders, hauptsächlich in den Paramount Studios in Hollywood (Los Angeles). Dort hatte man eine Straße von Virginia City als Kulisse aufgebaut. Für die letzten Folgen verlagerte man die Filmstadt in ein Warner Bros. Studio.

Auch wenn der Dreh woanders stattfand, lohnt sich ein Besuch in Virginia City. Immerhin konnten wir uns einbilden, durch die Bonanza-Stadt aus der Serie zu spazieren. Die Hauptsache ist doch, dass man Spaß hat. Und Spaß hatten wir genug! Zudem war Luzi in ihrem Western-Outfit und mit Cowboyhut passend bekleidet.

Die Anzahl der Touristen in der Stadt war überschaubar, was uns nach den überfüllten Nationalparks sehr entgegenkam.

Virginia City gehört zu den ältesten Siedlungen in Nevada und dementsprechend sieht es dort auch aus. Die ganze Stadt steht unter Denkmalschutz. Man kommt sich vor wie in einem Freilichtmuseum. Viele Häuser sind im alten Stil restauriert worden. Jedes Jahr pilgern sage und schreibe zwei Millionen Besucher in die Westernstadt.

Früher gab es in Virginia City hundert Saloons, von denen jedoch nur noch wenige erhalten sind. Einer davon ist der *Bucket of Blood Saloon*. Als wir auf ihn zugingen, drangen schon laute Country-Klänge an unser Ohr.

»Eine Country-Band!«, rief Luzi begeistert. Nun war sie nicht mehr zu halten. »Komm Josie, da müssen wir unbedingt rein.«

Der Saloon war gut gefüllt. Ein netter Kellner geleitete uns an den letzten freien Tisch. Wir bestellten zwei kleine Bier und zwei Hamburger, typisch amerikanisch eben.

David John & The Comstock Cowboys sorgten mit ihrer Country- und Western-Musik für die passende Stimmung. Während wir auf unser Essen warteten, spielte die Band den großen Hit von John Denver:

> *Take me home, country roads*
> *To the place I belong*
> *West Virginia, mountain mamma*
> *Take me home, country roads.*

Leider hatte der Saloon nur eine kleine Tanzfläche, was Luzi aber nicht störte. Sie ergriff die Gelegenheit, um mir endlich ihre eingeübten Line-Dance-Schritte zu präsentieren. In ihrem Western-Outfit hätte man denken können, dass sie zur Band gehörte.

Es dauerte nicht lange, da gesellte sich ein älterer Herr dazu und versuchte, sich synchron mit Luzi zu bewegen. Das gefiel natürlich den Gästen. Einer nach dem anderen stand auf und klatschte im Takt mit, genau wie bereits im Hofbräuhaus in Las Vegas.

Luzi lächelte ihren Tanzpartner immer wieder von der Seite an. Er trug einen Dreitagebart und einen weißen Cowboyhut. Seine langen, grauen Haare hatte er am Hinterkopf mit einem Haargummi zusammengebunden.

Erst als die Band eine Pause machte, kehrte Luzi zu mir zurück. Jetzt brachte der Kellner die Hamburger und das Bier und wir konnten unseren Hunger stillen.

Nach dem Essen kam Luzis Tanzpartner an unseren Tisch. Wie es in den Staaten üblich ist, duzte er uns gleich. Daran hatten wir uns in der Zwischenzeit gewöhnt und es machte uns nichts mehr aus.

»You are from Germany, Deutschland?«, fragte er mit tiefer Stimme.

»Yes, we are from Germany«, antworteten wir beide gleichzeitig.

»Woran hast du das erkannt?«, fragte ich.

»Ich habe euch in der Pause reden gehört. Sprechen wir also Deutsch miteinander. Ich heiße Bill Lehmann. Meine Eltern sind Deutsche. Sie sind vor etwa achtzig Jahren ausgewandert. Ich wohne in San Francisco, bin zufällig hier, weil ich meine Tochter in Carson City besucht habe. Das ist die Hauptstadt von Nevada. Und wer seid ihr, wenn ich fragen darf?«

»Ich bin die Josie«, antwortete ich, »und das ist meine beste Freundin, die Luzi.«

Er reichte uns zur Begrüßung die Hand.

»Hi Josie, hi Luzi. Freut mich, euch kennenzulernen.«

»Aber was machst du hier in Virginia City, wenn deine Tochter in Carson City wohnt?«, wollte ich genauer wissen.

»Ich liebe diesen Ort. Immer wenn ich nach Hause fahre, mache ich einen kleinen Abstecher hierher. Ist doch nur ein Katzensprung.«

»Kommst du etwa wegen dieses Saloons hierher?«

»Auch, aber vor allem wegen der Western-Serie ›Bonanza‹. Sie war als Kind meine Lieblingsserie im Fernsehen. Bei jedem Besuch kommen Kindheitserinnerungen auf.«

»Oh, ja«, schwärmte ich, »da haben wir wohl die gleichen Erinnerungen. Die Cartwrights, Ben, Adam, Hoss und Little Joe.«

»Ja, den Little Joe kenne ich«, fiel mir Luzi ins Wort. »Das war vielleicht eine Sahneschnitte. Der hat doch auch in ›Die kleine Farm‹ mitgespielt. Und mit Winnetou. Wie hieß der dort noch mal? Ach ja, Old Shatterhand!«

»Luzi, da verwechselst du was«, wand ich ein. »Das war ein anderer Schauspieler.«

»Ja, der Film hieß ›Winnetou‹, nach Karl May, und der Schauspieler Pierre Brice«, ergänzte Bill.

»Genau«, stimmte ich zu.

»Seid ihr das erste Mal in den Staaten?«

»Ja, das erste Mal«, antwortete ich und Luzi nickte.

»Na, dann ist ja vieles neu für euch. Hattet ihr schon einige schöne Erlebnisse?«

»Auch«, meinte Luzi.

»Auch? Wie meinst du das?«

»Wir mussten zum Teil ziemlich gefährliche Abenteuer überstehen.«

»Oh, das klingt ja spannend. Welche Abenteuer denn?«

Wir erzählten Bill von Francesco und auch von den beiden Gangstern, die wir verfolgt hatten. Er schien ganz angetan von unserem Mut.

»Ich bin begeistert. Das hätte ich euch gar nicht zugetraut. Ihr seid ja ein paar richtige Haudegen.«

Luzi lächelte verlegen.

»Ach was. Wir haben doch nur unsere Pflicht getan und Zivilcourage gezeigt«, meinte sie.

»Das finde ich toll. So selbstverständlich ist das gar nicht. In der heutigen Zeit findet man so etwas immer seltener.«

»Ja, leider«, stimmte Luzi Bill zu.

»Schade, ich muss jetzt los. Bis nach San Francisco ist es noch ein weiter Weg. Es war schön, euch kennengelernt zu haben. Ich hätte gern länger mit euch geplaudert, aber vielleicht sehen wir uns noch einmal. Wo geht eure Reise als Nächstes hin?«

»Nach San Francisco«, sagte ich schmunzelnd.

»Na, so ein Zufall, das trifft sich ja gut! Am Sonntag bin ich beim Hippie-Festival in *Haight-Ashbury*, wie jedes Jahr.«

»Prima, da wollen wir auch hin«, entgegnete ich freudig. »Wir haben den Zeitplan unserer Rundreise extra so gestaltet, dass wir zum Festival dort sind.«

»Na, dann sehen wir uns sicher. Hier ist meine Telefonnummer. Ruft mich an, ich zeige euch gern die Stadt.«

»Machen wir.«

Bill verließ den Saloon und Luzi schaute ihm verträumt hinterher.

»Ist der nicht süß? So richtig zum Knuddeln.«

»Luzi ... krieg dich wieder ein. Denkst du, ich habe nicht mitbekommen, wie du ihn angehimmelt hast?«

»Was meinst du, ob ich ihm gefallen habe?«

»Er hat seine Augen kaum von dir lassen können«, sagte ich wahrheitsgemäß, »obwohl du schon eine ziemlich alte Schachtel bist.«

»Das habe ich überhört. Ob er verheiratet ist?«
»Einen Ring trug er jedenfalls nicht am Finger.«
»Das ist ein gutes Zeichen.«
»Luzi! Du willst doch nicht etwa …?«
»Wer weiß, möglich ist alles.«
»Aber nicht in deinem Alter. Du weißt, wie alt du bist?«
»Für die Liebe ist man nie zu alt.«
»Was sind das für Worte, die da aus deinem Mund kommen?«, erwiderte ich erstaunt. »Komm, wir brechen auf, damit wir heute noch zum Strand können.«
Wir fuhren direkt in unser Hotel mit dem langen Namen *Aston Lakeland Village Beach & Mountain Resort* in South Lake Tahoe. Das Hotel bestand aus mehreren Häusern und lag direkt am Strand des Sees. Ganz in der Nähe befanden sich einige Restaurants und eine Menge interessanter Geschäfte.
Zum Tagesausklang bummelten wir an der Strandpromenade entlang und lauschten der Live-Musik, die vielerorts erklang. Schließlich landeten wir in einer Art Biergarten. Dort genossen wir einen großen Teller Spareribs und natürlich ein Bier. Damit endete ein wunderschöner und erlebnisreicher Tag in Amerikas Wildem Westen.

Lake Tahoe

Nach den aufregenden Erlebnissen wollten wir heute in Ruhe den herrlichen Lake Tahoe genießen. Einmal um den See herumfahren und alles genau anschauen, das war unser Vorhaben an diesem sonnigen Tag.

Nordamerikas höchster Bergsee gilt zugleich als schönster See der USA. Er liegt auf 1.900 Meter Höhe und bietet unter anderem eine zauberhafte Kulisse für Hochzeiten.

Eine der beeindruckendsten Stellen am See ist sicher die *Sand Harbor Beach*. Aus diesem Grund tummeln sich dort viele Touristen. Man sollte frühzeitig vor Ort sein, da die Parkplätze äußerst begehrt sind. Geöffnet ist von 8 Uhr bis eine Stunde nach Sonnenuntergang. Der Eintritt beträgt 10 Dollar. Für alle, die sich in fremder Umgebung leicht mal verfahren, hier die NAVI-Koordinaten: 2005 NV-28, Incline Village, NV 89452, Vereinigte Staaten.

Wir kamen pünktlich um 8 Uhr an der *Sand Harbor Beach* an und ergatterten einen der letzten Parkplätze. Der traumhafte Strand begeisterte uns sofort: kristallklares Wasser und weißer Sand. Nur einen Haken gab es: Das Wasser war eiskalt. Und das Anfang Juni! Einige der Gäste trotzten der Kälte, aber Luzi und ich verzichteten lieber auf ein Bad. Stattdessen bummelten wir am Strand entlang und genossen die Schönheit des Sees.

Wenige Autominuten von der *Sand Harbor Beach* entfernt liegt die *Secret Harbor Beach*. Wir hielten an einer Bucht am Straßenrand und wollten unbedingt wissen, was es dort zu sehen gibt. Der kleine versteckte Strand mit weißem Sand ist traumhaft, ideal für verliebte Pärchen. Wir kamen uns vor wie im Paradies. Lange verweilten wir nicht an diesem Ort, denn wir hatten uns vorgenommen, den See an einem Tag einmal mit dem Jeep zu umrunden.

Es gibt viele faszinierende Plätze entlang des Sees und einer ist schöner als der andere. Ein Highlight sind zum Beispiel die *Glen Alpine Falls*. Am schönsten ist es dort kurz nach der Schneeschmelze, weil dann die Wassermassen am intensivsten sind.

Sehenswert sind auch die *Cascade Falls*, die, wie es der Name schon andeutet, kaskadenförmig an den Felswänden in die Tiefe stürzen. Vom Parkplatz (Inspiration Point) läuft man etwa zwei Stunden hin und zurück. Im Winter ist der Weg zum Wasserfall in der Regel unpassierbar. Wir haben aus Zeitgründen auf den langen Fußmarsch verzichtet.

Zu den bekanntesten Flecken am Lake Tahoe zählt die legendäre *Emerald Bay*, wo das Wasser in den schönsten blau-grünen Farbtönen schimmert. Von dort aus ist es nicht mehr weit bis zu den *Eagle Falls*.

Am Abend bummelten wir an den vielen Geschäften der Promenade von South Lake Tahoe entlang. Es ist die größte Stadt am See. Unser Abendessen bestand diesmal aus einer leckeren Pizza.

Luzi wirkte etwas abwesend. Während des Essens sagte sie kein Wort.

»Denkst du an Bill?«, fragte ich.

»Ja, ich muss laufend an ihn denken. Ich glaube, ich habe mich in ihn verknallt.«

»Höre ich da vielleicht schon die Hochzeitsglocken läuten?«

»Ach was. Ich mag ihn eben.«

»Vielleicht treffen wir ihn ja in San Francisco, wenn er zu seinem Wort steht.«

»Das wäre schön.«

Wir bedauerten sehr, dass wir am nächsten Morgen schon abreisen mussten. Wieder einmal stellten wir fest, dass wir ruhig einen oder zwei Tage länger hätten einplanen können. Aber so ist das nun mal auf einer streng getakteten Rundreise durch ein fremdes Land.

Vom Lake Tahoe nach San Francisco

Endlich ging es in die Stadt meiner Träume, nach San Francisco. Doch bis dahin lagen noch etwa 300 Kilometer vor uns.

Am Morgen checkten wir aus und begaben uns mit unseren Koffern zum Mietwagen. Auf dem Parkplatz stand eine junge Frau, etwa Mitte zwanzig, mit ihrem Rucksack einsam in der Sonne. Sie trug halblange blonde Haare und war mit einem weißen Top und roten, engen Hot Pants bekleidet.

Während wir unsere Koffer im Wagen verstauten, schaute sie ständig zu uns rüber. Als sie hörte, dass wir Deutsche sind, kam sie langsamen Schrittes näher und sprach uns in perfektem Deutsch an.

»Hi, fahrt ihr Richtung Frisco?«

»Frisco? Wo liegt das denn?«, stutzte Luzi.

»Die junge Frau meint San Francisco, Luzi. Ja, da wollen wir eigentlich hin.«

»Könnt ihr mich ein Stück mitnehmen?«

»Klar, warum nicht. Steig ein!«

Sie setzte sich auf die Rückbank, den Rucksack stellte sie neben sich.

»Wie heißt du?«, fragte ich sie während der Fahrt.

»Emma.«

»Ich bin die Josie und das ist meine beste Freundin, die Luzi. Was willst du in San Francisco?«

»Eigentlich will ich nach Mendocino, aber da fährt kaum jemand hin. Alle wollen sie nur nach San Francisco.«

»Mendocino!«, rief Luzi verzückt aus. »Oh, wie romantisch, Michael Holm«, schwärmte sie und fing sogleich an zu singen.

Nach den ersten Zeilen sangen wir alle drei gemeinsam.

Auf der Straße nach San Fernando
da stand ein Mädchen wartend in der heißen Sonne.
Ich hielt an und fragte: »Wohin?«
Sie sagte: »Bitte nimm mich mit nach Mendocino.«

Ich sah ihre Lippen, ich sah ihre Augen.
Die Haare gehalten von zwei goldenen Spangen.
Sie sagte, sie will mich gern wiederseh'n.
Doch dann vergaß ich leider ihren Namen.

Mendocino, Mendocino,
ich fahre jeden Tag nach Mendocino.
An jeder Tür klopfe ich an.
Doch keiner kennt mein Girl in Mendocino.

»Warum willst du ausgerechnet nach Mendocino?«, fragte ich neugierig.

»Meine Eltern leben dort. Sie sind Mitte der Siebzigerjahre von Deutschland nach Amerika ausgewandert. Der Song war ihr Lieblingslied und inspirierte sie damals dazu, ausgerechnet nach Mendocino zu ziehen.

Am Anfang ging auch alles gut. Sie hatten Glück und bekamen gleich einen Job bei einer dampfbetriebenen Museumseisenbahn, der *Skunk Train*. Dann stürzte im Jahr 2013 ein Tunnel ein und es war unklar, ob die Bahn jemals wieder eröffnen würde. Alle Mitarbeiter wurden entlassen.

Vonseiten der Bahn und der Stadt wurden große Anstrengungen unternommen, und es gelang noch im selben Jahr, die Bahnlinie wiederzueröffnen. Leider ohne Mom und Dad. An ihrer Stelle wurden Jüngere eingestellt. Seitdem müssen sie mit kleineren Jobs über die Runden kommen. Ich versuche, sie finanziell zu unterstützen, so gut es geht. Hilfe vom Staat gibt es in Amerika kaum.«

Während Emma ihre Lebensgeschichte erzählte, schaute ich immer wieder durch den Rückspiegel. Ich hatte den Eindruck, dass uns ein Fahrzeug in gebührendem Abstand folgte.

»Und was machst *du* so?«, wollte Luzi wissen.

»Ich arbeite seit fünf Jahren am wunderschönen Lake Tahoe als Hotelfachfrau. Ich komme ganz gut klar. Bis vor Kurzem hatte ich einen Freund, aber ich musste mich von ihm trennen. Er ist da in ein kriminelles Netz reingeraten. Drogen, Waffen, Raub, Erpressung, das ganze Programm eben.«

»Oh, Scheiße«, rutschte es mir heraus.

»Seit ich aus unserer Wohnung ausgezogen bin, stalkt er mich. Er hat die Trennung nicht verkraftet. Ich überlege, wieder zurück nach Mendocino zu ziehen. Manchmal habe ich Angst, dass er mir was antut.«

»Weiß er denn, dass du jetzt auf dem Weg zu deinen Eltern bist?«

»I don't know. Ich habe keine Ahnung.«

Das Auto fuhr inzwischen sehr dicht hinter uns. Drei Männer saßen darin, soviel konnte ich erkennen.

»Hat dein Freund einen Bart und ist blond?«, fragte ich Emma.

»Ja, warum?«

»Weil in dem Auto hinter uns ein blonder Mann mit Bart sitzt.«

Emma drehte sich umgehend um.

»Fuck! Das ist Kevin«, rief sie aus. »Was machen

wir nun? Er darf mich nicht kriegen, sonst bringt er mich um.«

Ich überlegte kurz. Dann kam mir eine Idee.

»Ich habe schon eine Menge Action-Filme gesehen. Mal sehen, ob irgendetwas hängengeblieben ist. Haltet euch fest, Mädels, ich fahre an der nächsten Ausfahrt ab.«

Doch zuvor beschleunigte ich.

Jetzt fuhr ich mit der erlaubten Höchstgeschwindigkeit von 110 Kilometer pro Stunde, Kevin im Fahrzeug hinter uns auch. Rasch näherten wir uns der Ausfahrt des Highways. Als sie neben uns auftauchte, lenkte ich den Jeep scharf nach rechts und schaffte es gerade noch, abzufahren. Kevin konnte nicht rechtzeitig reagieren und rauschte an der Ausfahrt vorbei.

Dann hörten wir die quietschenden Räder seines Wagens.

Emma schaute sich um. »Kevin fährt auf dem Highway rückwärts! Er wird uns folgen. Ich habe Angst.«

»Ach was. Du brauchst keine Angst zu haben. Josie macht das schon«, wollte Luzi sie beruhigen.

Durch Luzis Lob fühlte ich mich gebauchpinselt. Das stachelte mich in meinem Handeln noch mehr an.

Ich fuhr auf eine Straße, die parallel zum Highway 50 verlief. Laut NAVI befanden wir uns kurz vor Sacramento, der Hauptstadt Kaliforniens. In der Ferne sahen wir bereits die Wolkenkratzer der Metropole.

Kevin war uns inzwischen dicht auf den Fersen.

»Oh, mein Gott. Wir schaffen es nicht. Die haben uns gleich«, unkte Emma.

Doch ich wiegelte ab: »Macht euch keine Sorgen. Eure Josie hat einen Plan. Haltet euch mal kurz fest!«

Wir näherten uns einer Tankstelle. Ich sah, dass sie menschenleer war, und steuerte direkt auf sie zu. Auf dem Gelände der Tankstelle schlug ich einen Haken nach links, genau zwischen zwei Zapfsäulen hindurch. Das war knapp.

Im Rückspiegel sah ich, dass Kevin es mir nachmachen wollte. Doch er hatte Pech und rammte eine Tanksäule, die sofort in Flammen aufging, und mit ihr auch der Wagen.

Alle drei Insassen wurden herausgeschleudert. Aber sie lebten noch. Mit brennender Kleidung rannten sie, einer Fackel gleich, in die Waschstraße. Dann verlor ich sie aus den Augen.

Wir hatten noch einmal Glück gehabt und fuhren einfach weiter. Bald machte ich mir Vorwürfe, ob wir nicht lieber hätten anhalten sollen.

Auf der Weiterfahrt hörten wir im Radio, dass die Polizei hinter uns her war. In den Nachrichten kam die Meldung von der brennenden Tankstelle gleich an zweiter Stelle. Wir erfuhren, dass alle drei Insassen des Wagens schwerverletzt ins Krankenhaus gebracht wurden. Jetzt fahnde man nach zwei alten Damen in einem schwarzen Jeep Renegade.

»Das hat uns gerade noch gefehlt!« Luzi war hörbar sauer.

»Ich habe in Sacramento einen guten Freund«, meinte Emma. »Er arbeitet bei einer Autovermietung. Bestimmt könnte er euch für den Rest eurer Rundreise einen Wagen leihen. Und das mit *Alamo* würde er sicher regeln. Er ist mir nämlich noch etwas schuldig und ihr habt schließlich mein Leben gerettet.«

»Wäre es nicht besser, zur Polizei zu gehen?«, gab ich zu bedenken.

»Ich glaube, es wäre das Vernünftigste.« Luzi war ausnahmsweise mal meiner Meinung.

»Okay, wenn ihr meint, dann fahren wir sofort zur Polizei. Ehe die uns noch auf offener Straße verhaften.«

Gleich am nächsten Ortseingang entdeckten wir ein Polizeirevier. Luzi und ich gingen hinein, mit Emma im Schlepptau.

Auch hier kannte man uns bereits. Die Sheriffs begrüßten uns gleich mit unseren Vornamen.

»Hi Josie and Luzi, how are you? What can we do for you?«

Aufgrund unserer Sprachdefizite führte Emma das Gespräch mit den Beamten. Etwa zehn Minuten diskutierte sie mit ihnen. Dann kam sie zu uns.

»Es ist alles bestens. Die drei standen bereits auf der Fahndungsliste. Wenn sie aus dem Krankenhaus entlassen werden, wandern sie sofort ab in den Knast. Für den Schaden an der Tankstelle müssen die Jungs aufkommen. Die haben durch ihre kriminellen Geschäfte genügend Kohle. Unter zehn Jahren kommt keiner von denen davon.

In der Zwischenzeit suche ich mir einen Job in einer anderen Stadt, vielleicht in der Nähe von meinen Eltern. Ich danke euch vielmals für eure Hilfe. Nehmt ihr mich trotzdem bis Frisco mit?«

»Natürlich, gern! Auf geht's.«

Erleichtert kehrten wir zu unserem Auto zurück. Ich staunte nicht schlecht, denn jemand saß darin.

Es war der rätselhafte schwarze Mann. Als er uns sah, stieg er sofort aus. Er trug ein schwarzes Basecap mit der Zahl »49«. Dazu ein weißes Polo und schwarze Bermuda Shorts. Dieses Outfit brachte seinen durchtrainierten Körper optimal zu Geltung.

»Entschuldigt bitte, ich habe nur auf euren Wagen aufgepasst. In dieser Gegend waren Autodiebe unterwegs, sie hatten es auch auf euren Jeep abgesehen. Er war nicht verschlossen. Ihr habt es sicher in der Eile vergessen. Als ich sah, wie die Diebe eine Autotür öffneten, bin ich schnell zu ihnen hin und habe sie verscheucht.«

»Merkwürdig«, sagte ich. »Sie sind immer dann zur Stelle, wenn es brenzlig wird. Wer sind Sie? Warum machen Sie das?«

»Es ist meine Bestimmung. Passt auf euch auf. Ich werde es euch bald sagen, wer ich bin.«

Dann ging er den Gehweg entlang und verschwand in einer Seitenstraße.

»Herrlich«, sagte Luzi. »Er passt auf uns auf. Wie geil ist das denn? Warum ausgerechnet auf uns?«

»Ganz einfach. Weil wir es verdient haben.«

»Hast du seinen durchtrainierten Körper gesehen. Kein Wunder, dass die Diebe umgehend das Weite gesucht haben.«

»Ja. Ohne ihn stünden wir jetzt ohne Auto da.«

Die Fahrt bis San Francisco verlief ohne weitere Probleme. Je näher wir der Stadt kamen, umso aufgeregter wurden wir. Nach einer langen Kurve tauchte sie mit einem Mal in ihrer ganzen Pracht auf. Herrlich, wie sie da in der Bucht lag! Ich dachte an den Song von Scott McKenzie.

If you're going to San Francisco
Be sure to wear some flowers in your hair
If you're going to San Francisco
You're gonna meet some gentle people there

For those who come to San Francisco
Summertime will be a love-in there
In the streets of San Francisco
Gentle people with flowers in their hair

Zuerst passierten wir die Bay Bridge, vorbei an der künstlichen Insel Treasure Island, was so viel wie »Schatzinsel« heißt. Nach deren Überquerung befanden wir uns schon mitten in der Stadt, die auf 42 Hügeln erbaut wurde.

Wir verabschiedeten uns von Emma und ließen sie an einem Busbahnhof aussteigen. Unser NAVI brachte uns sicher zu unserem Hotel *Beck's Motor Lodge* in der Market Street, die sich im sogenannten Castro-Viertel befindet. In diesem Stadtviertel wohnen meist Schwule und Lesben, da fielen Luzi und ich kaum auf.

Da es bei unserer Ankunft schon spät war, nahmen wir das Abendessen auf unserem Zimmer ein. Nach dem aufregenden Erlebnis hatten wir keine Lust mehr, eine Gaststätte aufzusuchen.

Der erste Tag in San Francisco

San Francisco ist gar nicht so groß, wie man immer denkt. Wenn man im richtigen Hotel wohnt, könnte man alle Sehenswürdigkeiten zu Fuß abklappern. Aber dazu sind Luzi und ich viel zu alt. Warum umständlich, wenn es auch einfacher geht?

Wir kauften uns zwei Tickets für den *Big Bus*. So konnten wir am ersten Tag unseres Aufenthaltes, ein Samstag, sehr bequem alle Highlights mit dem Bus erreichen. Zudem erhielten wir wichtige Informationen zu den Sehenswürdigkeiten in deutscher Sprache über Ohrhörer. *Big Bus* ist übrigens der größte Betreiber von Open-Top-Sightseeing-Bustouren der Welt und in über zwanzig Städten auf vier Kontinenten vertreten.

San Francisco ist die viertgrößte Stadt Kaliforniens. Von der Größe ist sie in etwa mit Frankfurt am Main zu vergleichen. Sie ist nach dem Heiligen Franziskus, also Franz von Assisi, benannt.

Weltberühmt ist die *Golden Gate Bridge*, die wir natürlich zuerst besuchten. Diese Hängebrücke, die bekanntlich das Wahrzeichen der gesamten Region ist, brauche ich nicht näher zu beschreiben. Es gibt sicher kaum jemanden, der sie nicht kennt. Wir unterbrachen unsere Fahrt mit dem *Big Bus* auf der Südseite der Brücke.

»Schau mal Josie, da kann man auch mit dem Fahrrad drüber fahren. Hast du Lust?«

Ich war von Luzis Idee weniger begeistert. Erstens hatten wir nicht so viel Zeit und zweitens hätten wir uns die Räder am *Fisherman's Wharf* ausleihen müssen, um nicht mühevoll über die Hügel fahren zu müssen.

»Dazu fehlt uns leider die Zeit, Luzi. Schau mal, in welchem Tempo sich der Bus durch die vollen Straßen quält. Wir haben noch genügend andere Highlights, die wir uns anschauen möchten.«

Die Fahrradtour war also vom Tisch. Stattdessen fuhren wir über die Brücke. Auf der anderen Seite der Golden Gate Bridge liegt das kleine Städtchen Sausalito. Dort können *Big-Bus*-Nutzer mit ihrem gekauften Ticket in einen anderen Bus umsteigen, der einige Sehenswürdigkeiten des Ortes anfährt. Unbedingt sehenswert ist die Hausbootkolonie mit über 240 Wohnbooten. Viele Künstler, Schauspieler oder Musiker wohnen in dieser *Sausalito Houseboat Community*. Von Sausalito aus hatten wir übrigens einen hervorragenden Blick auf *Alcatraz* und auf die Skyline von San Francisco.

Unser nächster Stopp war die berühmte *Lombard Street*, die kurvenreichste Straße der Welt.

»Hier macht es bestimmt auch Spaß mit dem Fahrrad runterzufahren«, meinte Luzi.

»Das würde ich mir nicht zutrauen. Du als Spitzensportlerin hättest sicher keine Probleme damit.«

»Ach was, jetzt bin ich zu alt dafür.«

»Komm, Luzi, stattdessen laufen wir hinunter und sehen den Autofahrern beim Lenken zu. Das macht auch Spaß.«

Gesagt, getan. Wir liefen also an der Seite auf dem Fußweg die Straße hinunter und anschließend wieder hinauf zur Bushaltestelle.

Anschließend besuchten wir noch den *Alamo Square*, die *Painted Ladies* und den *Palace of Fine Arts* im Marina District inmitten der Stadt. Nach der *Golden Gate Bridge* hat es uns dort am besten gefallen. Der Palast ist im griechischen und römischen Stil erbaut, umgeben von einem Teich und einem kleinen Park. Das Gebäude ist ein Überbleibsel der Ausstellung von 1915 mit dem Namen *Panama-Pacific International Exposition*. Im Park stehen zudem eine Menge Bänke, wo sich Omis wie Luzi und ich auch mal ausruhen können.

Am späten Nachmittag, gegen 17 Uhr, endetet unsere Tour am *Fisherman's Wharf* mit dem *Pier 39*. Zu mehr reichte unsere Zeit leider nicht. Der Pier

39 ist eine ehemalige Bootsanlegestelle. Heute befinden sich dort Souvenier-Läden, Restaurants, Fahrgeschäfte und ein Aquarium.

»Hier steppt der Bär«, freute sich Luzi. »Hier gefällt es mir.«

»Das glaube ich dir gern. Wollen wir etwas essen oder hast du keinen Hunger?«

»Ich habe großen Hunger, Josie.«

»Hier vorn ist ein Selbstbedienungs-Restaurant. Da finden wir bestimmt etwas.«

Es gibt mehrere gute Restaurants am Pier 39, wie das Neptun's Palace. Doch ein Restaurantbesuch nimmt immer viel Zeit in Anspruch. Und die hatten wir nicht.

Vom Pier 39 kann man die Insel Alcatraz ebenfalls gut sehen. Bekannt ist das Pier auch durch die Seelöwenkolonie. Diese Tiere leben dort dauerhaft auf einer Steganlage. Die Essensreste der Restaurants finden bei ihnen dankbare Abnehmer.

Unsere Tickets für die Stadtrundfahrt waren zwei Tage gültig. Daher war automatisch eine Rundfahrt bei Nacht inbegriffen, die in der Nähe vom *Fisherman's Wharf* startete Die ersten Nachtbusse fuhren bereits ab 19 Uhr, zu dieser Zeit hat es noch nicht einmal gedämmert. Logisch, dass deshalb die meisten Fahrgäste einen der späteren Busse nehmen wollten.

Das wollten wir natürlich auch. Doch je später der Abend, desto größer wurde das Gedränge. Es war eine ziemliche Gratwanderung, den geeigneten Bus auszuwählen. Wenn man zu viele Möglichkeiten durchlässt, könnte es sein, dass der letzte Bus schon voll ist.

Wir nahmen den Bus um 20:30 Uhr, als es bereits zu dämmern begann. Zunächst fuhren wir einige bekannte Stellen in der Stadt ab. Doch diesmal ging es nicht über die *Golden Gate Bridge*, sondern ein Stück an der Bay entlang. Die erste Zeit der Tour saßen wir oben an der frischen Luft. Später kühlte die Temperatur ab und wir verkrümelten uns, wie die meisten anderen Fahrgäste, nach unten.

Zu guter Letzt fuhren wir über die *Bay Bridge* auf die künstliche Insel *Treasure Island*. Dort machte der Bus einen Stopp. Die Fahrgäste konnten aussteigen und Fotos von der Skyline von San Francisco schießen. In der Zwischenzeit war die Sonne untergegangen und in den Wolkenkratzern brannte Licht. Es war zwar nicht optimal, aber besser als nichts.

Nach diesem Stopp ging es zurück zum Ausgangspunkt in der Nähe des *Pier 39*. Von dort hatten wir einen fantastischen Blick auf die *Bay Bridge*, auf der tausende Lampen leuchteten. Manchmal glaubten wir sogar, schwimmende Fische zu erkennen.

Nach der Stadtrundfahrt liefen wir zügig zurück zu unserem Hotel. Zum Glück waren es nur ein paar Schritte.

Hippie-Festival in San Francisco

Unsere Reise hatten wir so geplant, dass wir am zweiten Sonntag im Juni das alljährliche Hippie-Festival im Stadtteil *Haight-Ashbury* besuchen konnten, genauer gesagt die *Haight-Ashbury Street Fair.*

Dieses Festival zum Gedenken an »The Summer of Love« von 1967 findet nun schon seit über vierzig Jahren statt. Das erste feierte man im April 1978. Es war zugleich die Wiedergeburt dieses Viertels, welches in der Geschichte von San Francisco eine immense Bedeutung hat.

Haight-Ashbury war Mitte der 1960er-Jahre die Hochburg der Hippiebewegung. Benannt wurde das Viertel nach der Kreuzung von Haight Street und Ashbury Street. Musiker wie Jimi Hendrix, Janis Joplin, Grateful Dead oder Jefferson Airplain hatten dort ihren Wohnsitz. So viel wussten wir bereits. Den Rest hofften wir an diesem Tag von Bill zu erfahren.

Für das Festival hatten wir uns extra passende Kleidung und zwei Perücken gekauft. Ich zwängte mich in ein viel zu kleines, buntes Batikkleid, Luzi trug eine weiße Bluse mit Rüschen und einen bunten langen Rock. Wir waren gespannt, ob wir Bill in dem Gewühle treffen würden. Andernfalls hatten wir ja seine Telefonnummer.

Auf der Straße war vielleicht was los. Von zwei Bühnen erklang Alte-Männer-Musik und das Publikum befand sich in bester Feierlaune. Verschiedene Bands spielten Songs von Jefferson Airplane, Scott McKenzie, den Kinks, Deep Purple, Eric Burdon, Black Sabbath und anderen.

Teilweise flanierten zwischen den Bühnen merkwürdige Gestalten in recht freizügiger Kleidung. Manche sahen aus wie gealterte Hippies, welche die früheren Zeiten aufleben lassen wollten. Sogar ein paar nackte Männer, die ihr »bestes Stück« zur Schau stellten, entdeckten wir. Luzi hatte sichtlich Gefallen daran. Mich berührte es überhaupt nicht. Ich wunderte mich eher darüber, dass man so etwas in dem eigentlich prüden Amerika zulässt.

Vor einer Bühne, von der AC/DC-Musik dröhnte, wurde Luzi von einem jungen Mann angerempelt. Er entschuldigte sich sofort und drückte ihr etwas in die Hand.

»Was ist das denn?«, fragte sie mich und hielt mir den Gegenstand hin.

»Luzi, schmeiß das weg. Das ist ein Joint. Du willst doch nicht etwa noch anfangen zu kiffen?«

»Warum nicht? Passen würde es hier. Man soll doch alles einmal mitgemacht haben.«

»Aber so was doch nicht! Du kommst noch in den Knast wegen illegalen Drogenbesitzes«, herrschte ich Luzi an.

»Na ja, einstecken kann ich den Joint ja mal. Man weiß nie, wozu man ihn noch gebrauchen kann.«

Nach einer Weile musste Luzi mal und suchte eine der extra aufgestellten, kostenlosen Toiletten auf. Als sie zu mir zurückkehrte, hatte sie auf einmal keinen BH mehr an und ihre Bluse war weit aufgeknöpft.

»Luzi, was hast du gemacht? Warum trägst du keinen BH mehr?«

»Weil ich auch so ein Hippie sein möchte.«

»Aber du bist fast siebzig und kein junges Mädchen mehr. In den letzten Jahren hat sich bei dir einiges verändert. Vieles sitzt nicht mehr dort, wo es mal gesessen hat«, erklärte ich ihr.

»Ach was. Wir sind im Land der unbegrenzten Möglichkeiten. Jeder kann hier machen, was er will.«

»Aber Luzi, deine Möglichkeiten sind nun mal begrenzt. Die solltest du besser wieder verstecken, sonst musst du noch Strafe zahlen wegen Erregung öffentlichen Ärgernisses.«

»Was diese nackten Männer können, kann ich auch.«

»Die Männer sind aber deutlich jünger«, sagte ich.

»Na, na, da wäre ich mir nicht so sicher. Das hätte ich mir gerne mal näher betrachtet.«

»Reiß dich jetzt zusammen! Du bist mir vielleicht ein schlimmer Finger. Das werde ich alles Bill erzählen.«

»Vielleicht mag der ja solche Frauen«, erwiderte sie.

Der Hinweis auf Bill hatte anscheinend geholfen, denn Luzi schloss verärgert einen Knopf an ihrer Bluse. Damit gab ich mich zufrieden.

Wenige Augenblicke später machte sie plötzlich sämtliche Knöpfe zu.

»Schau mal, wer da kommt!«, rief sie.

Bill schlenderte auf uns zu und nahm uns freudestrahlend in seinen Arm. Trotz unserer Perücken hatte er uns erkannt.

»Schön, dass wir uns getroffen haben. Ich freue mich.« Er strahlte uns an.

»Wir wollten dich gerade anrufen, aber es ist so laut hier«, meinte Luzi.

Bill schmunzelte und sagte: »Das hat sich ja nun erledigt.«

Von nun an trabten wir gemeinsam über das Gelände und Bill zeigte uns, wo Jimi Hendrix und Janis Joplin einst gewohnt hatten. Auf dem

Weg dorthin erzählte er uns eine Anekdote aus seiner Jugendzeit.

»Jimi Hendrix habe ich noch persönlich kennengelernt. Es war einer der Künstler beim Monterey Pop Festival im Juni 1967. Das Festival dauerte drei Tage und war im Prinzip der Auftakt zur sogenannten Hippiebewegung. Damals war ich noch ein Teeny.

An einem dieser Tage spielte Jimi sein legendäres Konzert, bei dem er am Ende seine Gitarre verbrannte. Zu dieser Zeit war er noch nicht so bekannt wie zwei Jahre später in Woodstock.

Ich wartete vor dem *Monterey County Fairground*, in dem das Festival stattfand, über eine Stunde auf ihn. Dann endlich kam er mit seiner ganzen Crew. Ich bat ihn um ein Autogramm. Doch leider hatte er keine Autogrammkarten dabei. Ich ließ ihn einfach auf meinem rechten Handrücken unterschreiben. Zu Hause habe ich meine Hand fotografiert. Das Foto habe ich heute noch und ich behüte es wie meinen Augapfel.«

Wir blieben vor einem knallroten Haus stehen.

»Hier hat er übrigens gewohnt, im Haus 1524A in der Haight Street, zusammen mit seiner Freundin«, erklärte Bill. »Das Gebäude inspirierte ihn zu seinem Song *Red House*.«

»Schöne Geschichte«, sagte Luzi strahlend.

Auch ich war beeindruckt. »So etwas vergisst man sein ganzes Leben nicht.«

»Ich könnte euch noch viel mehr erzählen, aber hier ist es ziemlich laut. Wollen wir woanders hingehen?«

»Ja, gern!«

Luzi konnte ihre Augen gar nicht von Bill lassen. Sie hatte sich tatsächlich in diesen alten Sack verliebt. »Alter Sack« ist vielleicht etwas übertrieben. Es klingt gerade so, als ob ich eifersüchtig wäre. Na ja, vielleicht ein klein wenig. Bill war ein sehr attraktiver Mann.

Wir gingen die Haight Street hinauf, vorbei an einem *Whole Foods Market*, und betraten den *Golden Gate Park*. Dort war es deutlich ruhiger und wir setzten uns auf eine Bank.

Nachdem wir Bill unsere halbe Lebensgeschichte erzählt hatten, wollten wir natürlich auch von seiner Vergangenheit erfahren.

»Bill, nun weißt du eine Menge von uns. Jetzt bist du dran. Was machst du? Bist du verheiratet?«, fragte ich ihn ganz direkt und Luzi lauschte gespannt.

»Okay, wenn ihr wollt. Über meine Vergangenheit rede ich ungern, da ich jetzt nur an meine Zukunft denken möchte. Ich hoffe, dass ich noch ein paar Jahre davon genießen kann.

Letzten Monat bin ich siebzig geworden und seit fünf Jahren beziehe ich Rente. Vorher habe ich im *Silicon Valley* gearbeitet. Ich war Leiter einer Softwareentwicklungsabteilung und habe ganz gut verdient.

Seit drei Jahren muss ich mich nun alleine durchs Leben schlagen. Auf sehr tragische Weise habe ich meine Frau Rachel verloren.«

»Oh, das tut uns leid«, unterbrach ihn Luzi. »Was war passiert?«

»Wir hatten ein sehr schönes Haus in der Nähe von San Francisco. Dann brachen diese Waldbrände aus. Ihr habt vielleicht davon gehört. Erst brannte es nur an wenigen Stellen und wir waren optimistisch, dass die Feuerwehr es recht bald unter Kontrolle bekommen würde.

Doch dann kam starker Wind auf und die Feuerwalze kam immer näher. Die Flammen und der dichte Rauch näherten sich von allen Seiten. Es gab nur einen Ausweg: Wir suchten rasch ein paar persönliche Sachen zusammen und jeder von uns setzte sich in ein Auto, die wir vorher mit einem Wasserschlauch abgespritzt hatten. Wenigstens die Autos wollten wir retten.

Wir versuchten, mit hohem Tempo durch die Flammen zu fahren. Die Feuerwalze war an dieser Stelle noch nicht sehr breit. Vielleicht 400

Meter. Ich fuhr vorneweg. Rachel blieb dicht hinter mir.

Als wir es fast geschafft hatten, stürzte plötzlich ein brennender Baum direkt auf Rachels Wagen. Ich musste im Rückspiegel alles mit ansehen. Der Wagen fing sofort Feuer und explodierte. Rachel hatte keine Chance.«

»Oh, wie traurig. Das tut uns leid«, sagte ich geschockt. Uns standen die Tränen in den Augen.

»Ja, so war das. Von einem Tag auf den anderen war ich Witwer und obdachlos. Von dem Haus war nur noch ein Häufchen Asche übrig. Viele persönliche Gegenstände und Erinnerungen waren verbrannt.

Ein paar Monate kam ich bei meiner Tochter unter. Doch dann hat es mich wieder in meine Heimatstadt San Francisco gezogen. Von der Versicherung bekam ich etwas Geld für unser Haus. Von diesem Geld und von unserem Ersparten habe ich mir eine kleines Häuschen und einen Caravan gekauft. Seitdem bin ich viel unterwegs und genieße die Schönheit Kaliforniens. Inzwischen kenne ich Kalifornien wie meine Westentasche.«

Luzi und ich schauten uns an. Wir wussten zunächst nicht, wie wir auf Bills Ausführungen reagieren sollten. Wir wollten in diesem Augenblick nichts Falsches sagen. So zogen wir es vor, zu schweigen.

Bill rettete die Situation, indem er das Thema wechselte.

»Hättet ihr was dagegen, wenn ich euch mit meinem Wohnmobil bis kurz vor Los Angeles begleite? Ich habe den Eindruck, dass wir uns noch eine Menge zu erzählen haben.

Ihr fahrt bestimmt den *Pacific Coast Highway* oder auch *Highway One* entlang. In der Gegend bis nach Santa Barbara kenne ich mich gut aus und weiß, wo ich mein Wohnmobil über Nacht abstellen kann. Ich weiß auch, wo die schönsten Stellen sind, nicht nur solche, die man in den einschlägigen Reiseführern findet.

Ihr habt sicher bereits die Hotels gebucht. Ich kann in meinem Camper nächtigen und tagsüber machen wir die Gegend unsicher.«

Luzi schaute mich fragend an. Sie hatte ein glückliches Lächeln auf den Lippen, als würde sie sich riesig darauf freuen.

»Also, ich hätte nichts dagegen«, sagte Luzi. »Und du, Josie?« Sie stieß mir fest ihren Ellenbogen in die Seite.

»Au, au, auch ich hätte nichts dagegen. Nicht das Geringste«, stammelte ich.

Eine Reise zu dritt hatten wir zwar nicht geplant, aber warum nicht? Ich besaß keine Gegenargumente und wollte Luzi nicht vor den Kopf stoßen.

»Sehr gerne, Bill. Ich würde mich freuen und Luzi sicher auch.« Ich schaute Luzi an und sie lächelte zufrieden. »Männliche Begleitung kann sicher nicht schaden, hier im Wilden Westen. Bisher hatten wir immer Glück gehabt. Aber das muss ja nicht so weitergehen.

Allerdings haben wir nur noch zwei Stationen bis Los Angeles. Monterey und Santa Barbara.«

»Schade, aber besser als gar nichts. Ich freue mich. Das müssen wir feiern«, schlug Bill vor.

In diesem Moment fiel mir ein, dass wir noch die Visitenkarte des Hotelchefs aus Las Vegas hatten. Eine der beiden Adressen, die er darauf notiert hatte, lag in San Francisco. Das traf sich hervorragend!

Bill meinte, dass er das Restaurant kennen würde. »Es ist sehr speziell«, sagte er. Mehr verriet er nicht.

Also nichts wie hin in die Columbus Avenue! Sie lag im Stadtteil North Beach, im berühmten Little Italy.

Mehrere hundert Meter vor dem Speiselokal kam uns ein merkwürdiger Geruch entgegen. Wir dachten uns nichts dabei, weil es in amerikanischen Städten gerne mal komisch riecht – ich möchte aber nicht näher auf die diversen Gründe eingehen.

Als wir vor dem Eingang standen, war uns alles klar. Das Lokal hieß *The Stinking Rose* und war ein Knoblauch-Restaurant. In diesem Augenblick wusste ich, warum der Hotelchef so gelacht hatte beim Überreichen der Visitenkarte.

»Oh, mein Gott!« Luzi staunte nicht schlecht. »So etwas gibt es? Wollen wir da wirklich rein?«

»Warum nicht?«, entgegnete ich. »Man muss alles einmal probieren. Oder isst jemand von uns keinen Knoblauch?«

Da es keine Gegenstimmen gab, öffnete ich die Tür und wir traten ein. Erwartungsgemäß roch es im Innern stark nach dem Liliengewächs.

Wie in Amerika üblich, führte uns ein Kellner zu unseren Plätzen. Wir setzten uns an den Vierertisch und ließen unsere Blicke in dieser einzigartigen Gaststätte umherwandern. Durch das gesamte Haus schlängelte sich das größte Knoblauchgeflecht der Welt. Eine Vielzahl von Wandmalereien schmückten die Wände.

Auf der Speisekarte fanden wir viele herzhafte Gerichte, die alle etwas mit Knoblauch zu tun hatten. Wie sollte es auch anders sein?

Es gab sogar einen separaten Shop, der verschiedene Lebensmittel und bedruckte T-Shirts anbot. In Beverly Hills existiert übrigens ebenfalls ein Knoblauch-Restaurant mit gleichem Namen.

Das Essen war ziemlich hochpreisig. Eine Pizza kostete 19 Dollar, Spaghetti mit Hühnchen 26 Dollar. Für ein Bier musste man 11 Dollar hinblättern. Aber das ging uns alles nichts an, wir hatten ja die Visitenkarte des Hotelchefs und seine ausdrückliche Einladung, darauf verließen wir uns.

»Ist es auf die Dauer nicht langweilig, ganz alleine zu reisen?«, fragte Luzi Bill.

»Am Anfang schon, aber im Laufe der Zeit gewöhnt man sich daran. Natürlich würde es zu zweit mehr Freude machen. Bis jetzt habe ich noch keine Partnerin gefunden, die zu mir passt und die mein restliches Leben auf diese Art mit mir teilen möchte.«

»Ich glaube, mir würde solch ein Leben auch gefallen«, sagte Luzi und lächelte Bill an.

»Ja, meinst du?«

Für einen Moment schauten sich die beiden tief in die Augen. Obwohl sie schwiegen, ahnte ich, was in ihnen vorging. Keiner traute sich, das erste Wort zu sagen, aber Blicke können manchmal auch sprechen.

»Schade, dass wir so weit auseinander wohnen.

Sonst könnten wir öfter etwas zusammen unternehmen«, sagte Luzi.

Bill nickte und nahm Luzis Hand. »Das ist wirklich schade.«

Dann schäkerten sie ein wenig und ich war froh, als endlich das Essen kam.

Es schmeckte hervorragend. Zum Glück waren sämtliche Speisen mit Knoblauch, so konnte keiner von uns den intensiven Geruch des jeweils anderen wahrnehmen.

Wir bedankten uns beim Besitzer für die Einladung und verließen gegen 21 Uhr *The Stinking Rose*. In Amerika ist es nicht erwünscht, dass die Gäste nach dem Essen noch längere Zeit am Tisch sitzen und Bier oder Wein trinken. Das sollten sie lieber an der Bar tun.

Wir nahmen uns zu dritt ein Taxi und sprachen über unsere Fahrt nach Monterey am nächsten Tag.

Vor dem Hotel stiegen Luzi und ich aus. Bill versprach, uns am nächsten Morgen auf dem Parkplatz abzuholen. Dann fuhr er mit dem Taxi nach Hause.

Luzi war den ganzen Abend aufgedreht und hellwach. Sie wollte gar nicht ins Bett gehen. Bis weit nach Mitternacht redeten wir über Bill. Sie war hin- und hergerissen.

»Was, wenn ich einfach in Amerika bleibe?«, überlegte sie.

»Das würde aber nur drei Monate gutgehen, danach läuft die Aufenthaltsgenehmigung ab«, meinte ich. Ohne Green Card ist der Aufenthalt in den Staaten beschränkt.

»Schade.«

Es gäbe noch eine andere Möglichkeit: Bill und Luzi könnten heiraten. Aber daran wollte ich in diesem Moment nicht denken.

Bei Clint Eastwood in Monterey

Pünktlich um 8 Uhr stand Bill mit seinem Wohnmobil auf dem Hotelparkplatz. Luzi hatte sich schon Sorgen gemacht, ob er denn überhaupt kommen würde. Umso größer war die Freude, als sie ihn erblickte.

»Na, gut geschlafen?«, fragte er uns.

»Wie ein Murmeltier. In unserem Hotelzimmer riecht es nur etwas streng«, meinte Luzi und Bill lachte herzlich.

»Ich habe mich erkundigt. Vor dem *Motel Lone Oak Lodge*, wo ihr in Monterey wohnen werdet, kann ich gegen eine Gebühr meinen Caravan über Nacht aufstellen.«

»Na, das Timing klappt ja wieder mal hervorragend«, freute ich mich.

Wir ließen Bill vorausfahren und versuchten stets hinter ihm zu bleiben, was uns auch gut gelang. Zunächst führte er uns hinaus aus dem quirligen San Francisco. Mit etwas Wehmut nahmen wir Abschied von einer der schönsten Städte der Welt.

Am frühen Nachmittag erreichten wir unser Hotel in Monterey. Die Zimmer im *Motel Lone Oak Lodge* waren nicht sehr groß, dafür aber sauber und für die eine Nacht ausreichend.

Bill zeigte uns noch am selben Tag das Veranstaltungsgelände *Monterey County Fairgrounds*, wo 1967 das legendäre Festival mit Jimi Hendrix stattfand.

Anschließend unternahmen wir einen Ausflug nach Carmel-by-the-Sea. Bill hatte seinen Caravan abgestellt und fuhr in unserem Jeep mit. Er lotste uns zum Hotel *Mission Ranch*. Seit 1980 gehört es dem Schauspieler Clint Eastwood. Auf dem großen Grundstück befinden sich mehrere kleine Häuser, die hauptsächlich als Unterkunft dienen.

Heiratswillige können sich auf der *Mission Ranch* auch das Ja-Wort geben. Die Zeremonie findet auf einer Wiese statt. Wir konnten es selbst sehen, als wir bei der Ranch ankamen. Unter einem Blumenbogen stand ein Brautpaar, das sich an den Händen hielt. Die versammelten Gäste saßen auf weißen Stühlen. Gefeiert wurde in einer großen ehemaligen Scheune, die üppig mit Blumen und Lichtern geschmückt war. Wie man es aus Hollywood-Filmen kennt, stand für die frisch Vermählten ein Honeymoon Cottage bereit. Sehr romantisch, aber sicher nicht ganz billig.

»Hier möchte ich auch gern heiraten«, schwärmte Luzi und schaute Bill verliebt in die Augen.

»Welche Frau möchte das nicht?«, antwortete er, seine Stimme klang etwas unsicher.

»Wolltest du nicht schon in Las Vegas heiraten?«, sagte ich staunend.

»Ja, auch.«

»Wieso auch?«

»Eine Doppelhochzeit, Josie.«

»Kommt, ich habe noch einen Geheimtipp«, wechselte Bill das Thema.

»Oh, das klingt ja spannend«, entgegnete ich und freute mich auf das nächste Highlight.

Wir ließen ausnahmsweise Bill fahren. Er brachte uns zu einem Restaurant mit dem Namen *Hog's Breath Inn* (San Carlos St, Carmel-By-The-Sea, CA 93923). Der Eingang lag zwar etwas versteckt, zwischen zwei Häusern, aber die Lokalität hatte es in sich.

»Diese Gaststätte hat früher Clint Eastwood gehört«, erklärte Bill. »Er hat sie kürzlich an einen guten Freund verkauft. Ich hoffe, dass das Essen noch genauso schmeckt wie früher.«

»Das ist ja Wahnsinn!«, rief ich aus. »Clint Eastwood hat das hier gehört?«

»Das hätten wir ohne dich gar nicht kennengelernt, Bill«, meinte Luzi entzückt. »Ich freue mich.«

»Heute lade ich euch ein. Ihr seid meine Gäste«, sagte Bill.

»Kommt nicht infrage«, protestierte Luzi. »Ich bin heute dran, basta. Ist das klar? Ich dulde keine Widerrede.«

Gezwungenermaßen gaben wir uns geschlagen.

Der Kellner begrüßte uns und brachte uns die Karte. Als Vorspeise bestellten wir einen Artichoke Dip und als Hauptspeise jeder einen Dirty Harry Burger vom Angus Rind für 17 Dollar das Stück. Normalerweise mache ich mir nichts aus Burgern, aber dieser übertraf alle meine Erwartungen. Es war der beste Burger, den ich jemals in meinem Leben gegessen habe.

In Amerika wird dem Gast die Rechnung in der Regel bereits während des Hauptganges auf den Tisch gelegt. Es hat den Vorteil, dass man jederzeit bezahlen kann und nicht mehrfach nach der Rechnung fragen muss.

Restaurants und Imbisse werden in den USA jedes Jahr von der Hygiene kontrolliert. Wenn keine Mängel festgestellt werden, erhalten sie das Zertifikat A. Bei kleineren Unzulänglichkeiten gibt es ein B und bei größeren Verstößen sogar ein C. Dieses Zertifikat muss gut sichtbar im Restaurant oder Imbiss aushängen, damit es der Gast sofort erkennen kann. Eine tolle Sache, wie ich finde.

Nachdem wir in Clint Eastwoods ehemaligem Restaurant hervorragend gespeist hatten, winkte Luzi mit ihrer Kreditkarte den Kellner heran.

Ich flüsterte: »Du musst ihm aber einen ›Tip‹ geben.«

Luzi schaute mich fragend an. Das hatte sie missverstanden.

»Wenn ich Ihnen mal einen Tipp geben darf«, sagte sie leise zum Kellner und lächelte, »ich würde unter dem weißen Hemd kein blaues Unterhemd anziehen.«

Der Kellner sah Bill und mich mit großen Augen an, denn verstanden hatte er Luzi nicht. Das war auch gut so. Ich rettete Luzi aus ihrer misslichen Lage und sagte: »Fifteen Dollar, please.«

»Thank you, Miss«, kam von ihm zurück und der Drops war gelutscht.

Carmel-by-the-Sea ist einer der kuriosesten Orte, die ich in meinem Leben besucht habe. Alte Vorschriften und Traditionen sollen bewirken, dass sich Carmel von anderen Städten grundlegend unterscheidet. Es gibt dort weder Briefkästen noch Hausnummern oder Straßennamen. Die Einwohner mussten bis vor wenigen Jahren ihre Briefe selbst bei der Post abholen, und zwar in einem Postfach. Auf Wunsch kommt inzwischen auch der Briefträger direkt vorbei.

Noch heute besitzt die Kleinstadt keine Straßenlampen, Fußgängerwege, Parkuhren oder Leuchtreklamen. Neue Gebäude müssen um Bäume herum gebaut werden, und wer High Heels tragen möchte, braucht eine Genehmigung des Ordnungsamtes, um Schadenersatzklagen zu verhindern. Die Amis sind eben eine ganz besondere Spezies.

Unseren gemeinsamen Tag ließen wir mit einem Glas Rotwein vor Bills Wohnmobil ausklingen. Er spielte auf seiner Gitarre einige Songs aus unserer Jugend. Bei dem Lied »Wish you were here« von Pink Floyd war Luzi ganz hin und weg.

Mich erinnerte es an meine Jugendzeit, als wir die Nächte kiffend am Strand verbracht hatten. Aber das ist lange her.

Highway One bis Santa Barbara

Am nächsten Tag ließen wir Monterey hinter uns und rauschten den traumhaften Highway One entlang. Unser erstes Ziel war der *17-Mile-Drive*. Wie der Name schon sagt, ist diese Küstenstraße 17 Meilen (27 Kilometer) lang. Sie beginnt in *Pebble Beach*, wo sich einer der schönsten Golfplätze der Welt befindet, außerdem wohnt dort Clint Eastwood. Der Drive endet in *Del Monte Forest*, einem Zypressenwald. Touristen zahlen eine Nutzungsgebühr von 10 Dollar pro Auto.

Der Drive führt größtenteils direkt an der Küste des Pazifiks entlang. Es gibt 21 sehenswerte Anfahrtspunkte. Einer der beliebtesten ist wohl *The Lone Cypress*, die einsame Zypresse. Sie ist das Symbol der *Pebble Beach Company* und der am meisten fotografierte Baum der Welt. Über 250 Jahre steht die Zypresse schon auf diesem Felsen und wird gehegt und gepflegt. In mehreren Filmen diente sie bereits als Kulisse.

Ein weiterer interessanter Aussichtspunkt liegt am *Bird Rock*. Auf dem Felsen wohnen zahlreiche Seelöwen, Kormorane und Pelikane. Der *Ghost Tree*, der *Point Joe* oder die *Spanish Bay* sind ebenfalls sehenswert.

Von jedem dieser Orte existiert mindestens ein Foto, auf dem Luzi und Bill gemeinsam abgelichtet sind. Das wollte ich nur mal nebenbei erwähnen.

Nach dem *17-Mile-Drive* fuhren wir auf dem Highway One weiter Richtung Süden. Der etwa 100 Kilometer lange Küstenstreifen von Carmel bis San Simeon trägt den Namen *Big Sur*, zu Deutsch »Großer Süden«.

Charakteristisch für diesen Abschnitt sind die steil aufragenden Berge der *Santa Lucia Range* und die schroffe Felsküste. Außerdem bildet er den klassischen Teil des Highway One. Für viele Filme wurde *Big Sur* als Drehort genutzt, unter anderem für »Basic Instinct« mit Sharon Stone. Auch der erste »Lassie«-Film wurde hier gedreht.

Als Nächstes steuerten wir den etwa 37 Kilometer südlich von Carmel gelegenen *Julia Pfeiffer Burns State National Park* an. Durch den Park fließt ein Fluss namens McWay Creek. Er mündet an einer Granitklippe in einen 24 Meter hohen Wasserfall, der sich direkt in den Pazifik ergießt. Wir besuchten den gebührenpflichtigen Park zwar nicht, konnten den Wasserfall aber ganz gut von der Straße aus sehen, wo es ein paar Parkflächen gibt.

Hinter Pismo Beach verließen wir den Highway

One. Wir fuhren nicht mehr am Pazifik entlang, sondern bogen ab auf den Highway 101, der uns geradewegs bis nach Santa Barbara zum Hotel *Mason Beach Inn* brachte.

Bill sprach mit der Hotelleitung und durfte seinen Caravan gegen eine Gebühr auf dem Parkplatz abstellen. Für den Abend lud er uns erneut in sein Wohnmobil ein und kündigte eine Überraschung an. Wir waren gespannt, worum es sich diesmal handeln würde.

Luzi war total aufgeregt und konnte es kaum erwarten. Sie kramte ihre schönsten Klamotten aus dem Koffer und probierte ein Teil nach dem anderen an.

Schließlich fragte sie mich: »Was meinst du, Josie, ob ich so gehen kann?«

Ich schaute Luzi von oben bis unten an. Zu ihrem geblümten Sommerrock trug sie eine weiße Bluse, die ihre sonnengebräunte Haut bestens zur Geltung brachte.

»Du weißt aber schon, dass wir heute nicht zur Bambi-Verleihung gehen.«

»Höre ich da etwa ein wenig Neid heraus?«

»Quatsch, ich meine ja nur. Bill wird es sicher egal sein, was du anhast. Hauptsache, du bist in seiner Nähe. Oder möchtest du lieber allein mit ihm sein?«

»Ach was. Wie kommst du da drauf? Wir sind doch wie Siamesische Zwillinge. Komm, lass uns gehen! Bill wartet sicher schon auf uns.«

»Na gut.«

Beim Betreten des Caravans wussten wir gleich, was Bill für uns vorbereitet hatte.

»Das ist aber eine Überraschung!«, sagte Luzi. »Man riecht es sofort, wenn man zur Tür hereinkommt.«

Bill hatte extra für uns gekocht, und zwar deutsche Küche: Rouladen mit Rotkohl und Klößen. Das war natürlich ein Highlight für uns.

»Rouladen! Wie hast du das gemacht? Wo hast du sie her?«, fragte Luzi.

»Ich habe immer ein paar Gläser mit verschiedenen Gerichten in Reserve. Wenn man oft mit dem Wohnmobil unterwegs ist, bietet sich das an. Ich will schließlich nicht jeden Tag Fast Food essen.«

»Und die Klöße?«

»Im Castro Viertel gibt es ein deutsches Restaurant, eigentlich ganz in der Nähe des Hotels, in dem ihr gewohnt habt. Den Besitzer kenne ich schon ein paar Jahre. Er versorgt mich ab und zu mit Thüringer Klößen und einigen anderen Köstlichkeiten, die man hier nicht bekommt. Ja, auch in Amerika muss man Beziehungen haben.«

»Cool«, meinte Luzi, »ganz wie zu Hause. Da fehlt nur noch ein Pils.«

»Wenn ihr sonst keine Wünsche habt. Hier ist ein Sixpack Becks.«

»Ich glaube es nicht. Kannst du zaubern?«

»Dieses Bier gibt es mittlerweile auch in Amerika. Es wird unter Lizenz hergestellt.«

Die Rouladen schmeckten hervorragend. So festlich hatten wir lange nicht mehr gespeist. Ich weiß nicht, ob wir die heimische Küche vermisst hatten, denn wenn man in ein anderes Land reist, stellt man sich auf die neuen Verhältnisse ein. Sagen wir mal so: Wir vermissten sie nicht unbedingt, freuten uns jedoch riesig über Bills Festmahl.

Nach dem Essen setzten wir uns vor den Wohnwagen und Bill spielte wieder ein paar Lieder auf seiner Gitarre. In den wenigen Tagen hatten wir uns so sehr an ihn gewöhnt, dass er fast schon zur Familie gehörte.

Schönes Santa Barbara

Nach einem spartanischen Frühstück im Hotel bummelten Bill, Luzi und ich gemütlich durch Santa Barbara. Das Bild der Stadt ist noch stark vom spanisch-mexikanischen Einfluss geprägt. Die meisten Häuser präsentieren sich mit roten Ziegeldächern und weiß getünchten Fassaden. Überall wächst eine üppige Vegetation mit Blumenpracht und Palmen. Santa Barbara ist mit Abstand die schönste mittelgroße Stadt Kaliforniens.

Die Grundstückspreise gehören zu den höchsten Amerikas. Der Bezirk Montecito im Osten der Stadt zählt mittlerweile zu den reichsten in den USA. Das Durchschnittseinkommen ist dort dreimal so hoch wie im Rest des Landes.

Santa Barbara bietet wunderschöne Shopping-Center. Eines davon, vielleicht das attraktivste und modernste, ist das *Paseo Nuevo*. Das im spanischen Baustil gehaltene Center lädt mit einer Vielzahl von Geschäften und gemütlichen Restaurants zum Flanieren, Shoppen und Speisen ein. Uns fiel auf, dass es im gesamten Einkaufszentrum ungewöhnlich sauber ist. Ein hauseigener Ordnungsdienst achtet penibel darauf, dass weder Zigarettenstummel noch Papierreste sorglos auf dem Boden landen.

Am Abend suchten wir uns ein idyllisches Plätzchen am Strand des Pazifiks, um dort zu essen und den Sonnenuntergang zu genießen. Wir fanden sogar einen Platz mit einer Feuerstelle. Unter den Nadelbäumen sammelten wir etwas Holz und entfachten damit ein kleines Lagerfeuer. Bill holte seine Gitarre aus dem Auto und begann zu spielen. Den Anfang machte er mit »Walk The Line« von Johnny Cash.

Luzi fiel ein, dass sie noch den Joint vom Hippie-Festival besaß. Sie kramte ihn aus ihrer Handtasche, zündete ihn an und nahm einen kräftigen Lungenzug. Das hatte fatale Folgen, denn Luzi hatte noch nie in ihrem Leben geraucht. Sie musste so sehr husten, dass wir glaubten, sie würde keine Luft mehr bekommen.

»Was ist denn das für ein scheußliches Gras?«, beschwerte sie sich.

Doch bereits nach dem zweiten Zug war sie wieder ganz die Alte. Sagen wir mal: fast die Alte. Sie stand auf und begann komisches Zeug zu lallen.

»Josie, mir wird ganz schlecht. Ich glaube, das war kein guter Stoff, den der Typ mir gegeben hat. Ich sehe euch plötzlich doppelt.«

»Auch das noch. Du hättest das Ding ja nicht rauchen müssen. Wirf es weg, da ins Feuer!«

»Ach was. Mir geht es schon wieder besser. Aber vielleicht hast du recht. Luzi ist eben zu alt zum Kiffen.«

Sie warf den Joint in die Flammen und sah traurig zu, wie er langsam verbrannte. Dann setzte sie sich wieder hin und hörte schweigend Bills Gitarrenspiel zu. Allmählich normalisierte sich ihr Zustand.

Nach dem Sonnenuntergang frischte es auf. Der kühle Wind kam vom Pazifik. Bill bemerkte, dass Luzi fröstelte, und unterbrach sein Gitarrenspiel. Prompt zog er seine Jacke aus und legte sie Luzi über die Schultern. Luzi lächelte, ihre Augen glitzerten im Schein des Lagerfeuers.

Ich kam mir vor wie das fünfte Rad am Wagen und beobachtete, wie die beiden miteinander flirteten.

Schließlich fragte Bill Luzi: »Könntest du dir vorstellen, zu mir in die Staaten zu ziehen?«

Auf diese Frage hatte Luzi schon lange gewartet. Doch als es auf einmal Ernst wurde, fing sie an zu zögern.

»Was? Nach San Francisco? Ich weiß nicht. Das muss ich mir erst einmal überlegen. Geht das denn so einfach?«

»Na ja, es gibt mehrere Möglichkeiten. Lass dir nur Zeit mit deiner Antwort. Vielleicht sollten wir uns erst ein wenig besser kennenlernen.«

»Ja, vielleicht. Aber wie?«

»Da wird uns schon was einfallen.«

Für Bill war in Santa Barbara Endstation. Er wollte nicht mit uns nach Los Angeles fahren, weil es dort schwieriger sein würde, einen Stellplatz für sein Wohnmobil zu bekommen. Deshalb verabschiedete er sich am späten Abend von uns. Er wollte am nächsten Morgen zeitig nach San Francisco aufbrechen.

Wir waren sehr traurig. Die Zeit mit Bill war zwar kurz, aber sehr unterhaltsam gewesen. Fast war er in den letzten Tagen zu unserem Beschützer geworden. Jedenfalls waren uns mit ihm keine Gangster begegnet.

Wir wollten die Zeit mit Bill ewig in Erinnerung behalten, egal was aus Luzi und ihm noch werden würde.

Von Santa Barbara nach Los Angeles

Als ich am nächsten Morgen aufwachte, vermisste ich Luzi. Ich schaute sofort aus dem Fenster und sah zum Parkplatz, auf dem Bills Wohnmobil stand. Dort saßen die beiden auf Campingstühlen und diskutierten heftig miteinander.

Hatte sie etwa die Nacht bei ihm verbracht? Ich hatte gar nicht bemerkt, dass sie ausgebüxt war.

Wenig später standen sie auf und umarmten sich mehrmals. Dann fuhr Bill mit seinem Caravan vom Hotelgelände. Luzi winkte ihm traurig hinterher.

Mit hängendem Kopf kam sie zurück in unser Zimmer. Sie erzählte mir, dass sie und Bill die ganze Nacht kein Auge zugemacht hätten. Stattdessen hätten sie über ihre gemeinsame Zukunft nachgedacht.

Für Luzi schien es nicht so einfach, nach Amerika zu ziehen und in Deutschland alles aufzugeben. Dieser Schritt wollte genau überlegt sein. Letzten Endes waren beide der Meinung, dass sie aufgrund der zu erwartenden Schwierigkeiten keine gemeinsame Zukunft hätten.

Luzi war sehr traurig und auf den ersten Kilometern in Richtung Santa Monica sagte sie kein Wort, sie starrte nur stumm aus dem Fenster.

»Komm, Luzi, krieg dich wieder ein. Es hat eben nicht sollen sein. Wer weiß, wozu es gut ist. In deinem Alter ist es eben schwierig, einen Neuanfang zu machen.«

»Ach was. Du verstehst das nicht.«

»Wenigstens redest du wieder mit mir.«

Bisher waren wir auf dem Highway gut vorangekommen, doch nun drosselten die Autos vor mir ihre Geschwindigkeit.

»So ein Mist. Jetzt geraten wir auch noch in einen Stau.«

Bald bewegten wir uns nur noch im Schritttempo.

Auf unserer gesamten Reise hatten wir noch keinen richtigen Stau erlebt. Mit Glück waren wir immer vorwärtsgekommen. Manchmal etwas langsamer, aber es lief wenigstens. Bei dem dichten Verkehr in den Ballungsgebieten war das schon erstaunlich. Wir waren gespannt auf den Großraum Los Angeles, dort sollte es noch viel chaotischer zugehen.

Nach einigen Metern kam der Verkehr völlig zum Stehen. Es ging nichts mehr. Auf vier Spuren stauten sich die Autos nebeneinander. Im Radio hörten wir von einem Unfall auf dem Highway.

Unfälle passieren schon mal, da kann man nichts machen.

Nach den Nachrichten kam eine Suchmeldung der Polizei. Wir verstanden nicht alles, nur einzelne Wörter. Von einem Banküberfall war die Rede und von einer Beute über eine halbe Million Dollar. Die Täter waren flüchtig und befanden sich gerade irgendwo auf dem Highway. Am Ende gaben sie das Kennzeichen des gesuchten Fahrzeugs durch.

»Josie, ich krieg die Krise!«, rief Luzi aus. »Der Wagen vor uns! Sehe ich das richtig? Schau doch mal auf das Nummernschild.«

Ich las die Zahlen und Ziffern.

»Tatsächlich. Warum muss das immer uns passieren? Weißt du noch die Notrufnummer für Kalifornien?«

»Gestern wusste ich sie noch. Irgendwas mit Porsche.«

»Mit Porsche. Wie kommst du jetzt darauf?«

»So ein altes, ganz bekanntes Modell.«

»911?«

»Genau, Josie. Sag ich doch.«

»*Porsche* kann ich aber nicht anrufen.«

Ich wählte die Notrufnummer 911 und erklärte dem Herrn am anderen Ende der Leitung die Situation. So gut ich konnte, schilderte ich unseren Standort und gab eine Beschreibung unseres Jeeps durch.

Langsam rollte der Verkehr wieder. Ich erzwang unter lautem Hupen einen Spurwechsel. Nun fuhren wir im Schritttempo unmittelbar neben dem Fahrzeug der Bankräuber.

Bereits kurze Zeit später näherte sich ein Polizeihubschrauber und platzierte sich über dem gesuchten Pkw. Sämtliche Autos hinter uns blieben nun stehen. Aber ich fuhr weiter, genau neben dem Fluchtfahrzeug.

Wiederholt drückte der Heli mit den Kufen auf das Dach des Gangsterautos. Doch das störte die Bankräuber nicht. Im Gegenteil, sie schossen mehrmals aus ihrem fahrenden Wagen in die Luft. Dem Heli machte es nichts aus, er war unten mit schusssicherem Stahl verkleidet.

»Luzi, ich glaube, wir müssen einschreiten. Reich mir bitte die Waffe aus dem Handschuhfach!«

»Was sagst du da? Was für eine Waffe im Handschuhfach?«

»Ja, da liegt die Pistole von unserem letzten Einsatz auf der Autobahn. Als du pieseln warst, habe ich sie wieder aus dem Sand geholt. Hier kann man ja nie wissen, wozu man solch ein Schießeisen noch gebrauchen kann.«

»Du bist mir vielleicht eine.«

Luzi überreichte mir die Waffe und schaute mich mit fragenden Augen an.

»Was hast du vor?«

»Wirst du gleich erfahren. Ich habe schon einige amerikanische Action-Filme gesehen.«

»Sei bitte vorsichtig. Die sind auch bewaffnet, wie du siehst.«

»Du kannst ja wegschauen.«

»Ach was.«

Der Helikopter bearbeitete weiter das Dach des Gangsterautos, um es zum Stehen zu bringen. Unterdessen öffnete ich die linke Seitenscheibe ein kleines Stück. Nur so weit, dass die Waffe hindurchpasste.

Ich wedelte auffällig mit der Pistole und gab einen Schuss auf das Fahrzeug ab. Es war mir wichtig, nicht auf die Gangster zu zielen. Keiner sollte verletzt werden, nur einen Warnschuss wollte ich abgeben.

Jetzt fühlten sich die Bankräuber wohl von zwei Seiten in die Zange genommen und sahen keinen Ausweg mehr. Ihr Fahrzeug stoppte und die beiden stiegen mit erhobenen Händen aus. Der Hubschrauber landete unmittelbar hinter ihnen auf dem Highway.

Sofort legten die Polizisten ihnen Handschellen

an. Einer der Beamten näherte sich breit grinsend unserem Jeep. Natürlich erkannte er uns gleich.

»Hi, Josie and Luzi. How are you?«

»Oh, we are fine. And you?«

Wir hörten die Sirene eines Polizeiwagens. Er kam von vorn. Der Highway war ja in Fahrtrichtung mittlerweile frei, nur hinter uns standen die Autos noch immer.

Zwei Männer in Uniform stiegen aus und verfrachteten die Gangster ins Fahrzeug. Unverzüglich fuhren sie wieder ab.

Zum Abschied bedankten sich die Polizisten aus dem Heli bei uns. Dann starteten sie ihren Hubschrauber und flogen davon.

Wieder mal fragte uns niemand nach unserer Waffe. Diesmal wunderten wir uns nicht mehr. Etwas anderes hätten wir auch nicht erwartet.

Ich legte die Pistole zurück ins Handschuhfach. Jetzt hatten wir noch einen Schuss. Vielleicht würden wir ihn im weiteren Verlauf unserer Reise noch brauchen.

Wir hatten wieder freie Fahrt und der Stau hinter uns löste sich zügig auf. Ich hoffte, dass wir bis nach Los Angeles ohne weitere Zwischenfälle durchkommen würden.

»Schau mal, wer da im Wagen neben uns fährt!«, rief Luzi plötzlich.

Ich drehte meinen Kopf und konnte es nicht glauben. Am Steuer saß der schwarze Mann, der uns auf unserer Reise schon so oft begegnet war. Immer, wenn es brenzlig wurde, war er zur Stelle.

Er lächelte erneut und winkte uns zu. Diesmal lächelte ich auch und winkte zurück.

»Vielleicht passt er wirklich auf uns auf«, sagte ich.

»Ach was. Das ist bestimmt nur Zufall. Sicher hat er nur die gleiche Rundreise wie wir geplant. So viele Möglichkeiten gibt es da gar nicht.«

»Na, na, Luzi, ich glaube nicht an Zufälle.«

An der nächsten Raststätte entdeckten wir ein bekanntes und beliebtes Schnellrestaurant. Wir mussten erst einmal anhalten und erholten uns bei einem Hamburger und einer Cola von unserem Schreck. Gut gestärkt ging es anschließend weiter.

Nach etwa einer Stunde erreichten wir Malibu.

»Haben sie hier nicht die Serie mit dem Hasselhoff gedreht?«, fragte Luzi. »Wie hieß die doch gleich?«

»Du meinst ›Baywatch‹ mit David Hasselhoff?«

»Ja, genau.«

»Sieht ganz danach aus. Schau, hier ist ein Schild. Da ist der Hoff abgebildet.«

»Und die Pamela«, ergänzte Luzi.

»Wir sind bald in der Filmstadt Los Angeles, Luzi! Vielleicht werden wir noch entdeckt und bekommen irgendwann einmal den Oscar.«

»Den Oscar? Mir würde der Bill schon reichen«, sagte sie.

»Oder eine von uns wird das neue Bond-Girl«, scherzte ich.

»Ach was, Bond-Girl. Wir zwei alte Schabracken.«

»Schau mal, Luzi, da vorn ist der berühmte Pier von Santa Monica. An dieser Stelle endet die Route 66. Das schauen wir uns genauer an. Dort müssen wir unbedingt ein Selfie machen. So viel Zeit muss sein.«

Auf dem Parkplatz am Pier gab es noch genügend freie Plätze. Für 12 Dollar konnten wir so lange parken, wie wir wollten.

Der Santa Monica Pier beherbergt den bekannten Pacific Park. Der Vergnügungspark mit Achterbahn und einigen Karussells öffnete schon in den 1920er Jahren seine Pforten.

Direkt am Pier liegt eine Filiale der *Bubba Gump Shrimp Company*. Die Restaurantkette wurde durch den Film »Forrest Gump« inspiriert.

Luzi war ganz hin und weg.

»Forrest Gump, ich meine Bubba Gump! Da

müssen wir unbedingt reingehen. Wenn ich das Manfred erzähle, wird er neidisch sein! Erst letzten Monat haben wir den Film zusammen im Fernsehen gesehen.«

Wir betraten das Restaurant und staunten erst einmal. Voll war gar kein Ausdruck. Total überfüllt traf es eher. Aber es roch gut, und zwar nach Shrimps. Wonach auch sonst. Diese Krebstierchen gab es dort zur Genüge und in allen möglichen Varianten zubereitet.

Die Preise waren zwar stark überteuert, aber das Essen schmeckte. Nebenbei genossen wir den fantastischen Blick auf den Pazifik.

»Was Bill wohl jetzt macht?«, fragte Luzi. »Ob er an uns denken wird?«

»An dich sicher, mich wird er wohl schon vergessen haben.«

»Ach was. Bill mag uns beide.«

»Aber dich ganz besonders.«

»Schade.«

»Was ist schade?«

»Na, dass das mit uns beiden nichts wird.«

»Vielleicht ist es besser so«, wollte ich sie trösten. »Einen alten Baum verpflanzt man nicht.«

»Du immer mit deinen Sprüchen. Das hilft mir auch nicht weiter.«

»Komm jetzt, wir müssen los. Bis Beverly Hills

ist es noch ein ganzes Stück. Wir wissen nicht, wie der Verkehr auf dem Highway ist.«

Wir hatten uns für eine Unterkunft in Beverly Hills entschieden, weil es laut Reiseführer dort nicht so kriminell zugehen soll wie in bestimmten Teilen von Los Angeles. Wir wohnten aber nicht im Hotel *Beverly Wilshire*, das durch den Film »Pretty Woman« bekannt wurde. Die Zimmerpreise hätten wir uns sicher nicht leisten können. Stattdessen quartierten wir uns in einem kleineren und ganz netten Hotel ein. Es lag etwas abseits, in Richtung Hollywood.

Bis zum *Rodeo Drive* hätten wir ein ziemliches Stück mit dem Auto fahren müssen. Deshalb entschieden wir uns gegen einen Bummel durch die edle Einkaufsstraße, in der die sogenannte Upperclass gerne shoppen geht. Mir war es ganz recht. Mit Luzi wäre es sicher anstrengend geworden, weil sie sowieso immer und überall auffällt. Andrerseits hätte der *Rodeo Drive* sicher gut zu uns gepasst. Schließlich gehörten wir mittlerweile in Amerika zu den »Very Important Persons«.

Zum Glück gab es in der Nähe unseres Hotels einen *Whole Foods*, wo wir am Abend lecker essen konnten.

Tag 1 in Los Angeles

Am ersten Tag nach unserer Ankunft in Los Angeles unternahmen wir eine Stadtrundfahrt, diesmal sogar in deutscher Sprache. Wir hatten die Tour bei einem deutschen Ehepaar gebucht, das vor Jahren in die Staaten gezogen war. Die beiden holten uns früh am Morgen im Hotel ab, fuhren uns in einem kleinen Bus acht Stunden durch die Stadt und klapperten die bekanntesten Sehenswürdigkeiten mit uns ab.

Unseren ersten Stopp legten wir an der *Los Angeles Union Station* ein. Der Fußboden im Wartesaal des blitzblanken Bahnhofes ist in der Mitte mit Marmor bedeckt. Bereits in mehreren Filmen diente die Union Station als Kulisse, etwa in »Catch me if you can« mit Leonardo DiCaprio.

Danach fuhren wir zum *Hollywood Boulevard*. Alles, was in Hollywood interessant ist, konzentriert sich scheinbar an dieser Stelle. Zu den Hauptattraktionen zählt das *TCL Chinese Theatre*, vor dem viele Stars ihre Hand- und Schuhabdrücke hinterlassen haben. In der Nähe befindet sich ein Ableger von Madame Tussauds Wachsfigurenkabinett. Weltberühmt sind natürlich die Sterne auf dem *Walk of Fame*.

Am *Hollywood Boulevard* begegneten uns viele schrille und auch schräge Gestalten. Das meine ich jedoch keinesfalls abwertend. Manche waren als Micky Maus verkleidet, andere als Goofy oder Superman, wieder andere als bekannte Filmschauspieler. Gegen ein kleines freiwilliges Trinkgeld konnten sich Passanten mit ihnen fotografieren lassen.

Luzi suchte sich gleich Johnny Depp aus und bat mich, ein Foto zu machen. Als sie ihn fragen wollte, ob er vor ein paar Tagen mit Amber im Sequoia-Nationalpark war, konnte ich sie gerade noch von ihm wegreißen.

»Hey, Luzi, das ist doch nicht der echte Johnny Depp!«

»Wieso das denn?«

»Na, weil hier alle nicht echt sind. Denkst du etwa, die Micky Maus ist echt?«

»Der Johnny Depp ist gar nicht echt? Warum hat er sich dann mit mir fotografieren lassen?«

»Weil du ihm gefallen hast, Luzi.«

»Ach was.«

Der *Walk of Fame* ist ganz interessant. 2.700 Künstler aus den Kategorien Film, Fernsehen, Musik, Radio und Theater haben inzwischen einen Stern bekommen. Beim Lesen der Namen fiel uns auf, dass vorwiegend Künstler verewigt sind, die in der *amerikanischen* Unterhaltungsindustrie eine große Rolle spielten oder noch spielen. Fast könnte der Eindruck entstehen, dass in den USA jeder einen Stern bekommt, der schon einmal ein Wort in ein Mikrofon gesprochen oder ein paar Sekunden vor der Kamera gestanden hat. Langsam nimmt die Anzahl der Sterne inflationäre Ausmaße an. Da hätten sogar Luzi und ich noch gute Chancen.

Aus Europa ist kaum jemand vertreten, geschweige denn aus dem deutschsprachigen Raum. Marlene Dietrich und Arnold Schwarzenegger (aus Österreich) konnten wir entdecken. Es gibt sicher mehrere deutsche Künstler, die in Amerika bekannt sind und einen solchen Stern verdient hätten. Ich denke zum Beispiel an Armin Mueller-Stahl, der immerhin zwei Oscar-Nominierungen erhielt. Was nicht ist, kann ja noch kommen.

Zwar würde ich den *Hollywood Boulevard* nicht ein zweites Mal besuchen, aber einmal muss man ihn gesehen haben.

An mehreren Stellen am Boulevard hatten wir einen schönen Blick auf die Hollywood Hills und die berühmtesten neun Großbuchstaben der Welt: HOLLYWOOD. Wer eine noch bessere Sicht auf den Schriftzug haben will, sollte den Mulholland Drive entlangfahren, der durch die Santa Monica Mountains führt. Dort gibt es mehrere Aussichtspunkte mit Blick auf den Schriftzug und auch auf Los Angeles. Die besten Fotos entstehen kurz vor der Dämmerung. Dann wird es rasch dunkel und das nächtliche, hell erleuchtete Los Angeles erscheint in seiner vollen Pracht. Besucher sollten jedoch bedenken, dass die Parkplätze an dieser Straße nach Sonnenuntergang von der Polizei aus Sicherheitsgründen geschlossen werden. Bekanntheit erlangte die Panoramastraße übrigens durch den David-Lynch-Film »Mulholland Drive – Straße der Finsternis«.

Nach unserem Besuch auf dem *Hollywood Boulevard* fuhren wir durch den *Sunset Boulevard*. Es handelt sich um die bekannteste Straße von Los Angeles, mit einer Länge von 35 Kilometern. Der Teil zwischen Hollywood und Beverly Hills heißt *Sunset Strip*. Auf der beliebten Einkaufsstraße gibt es viele Boutiquen und Restaurants. Reiferen Lesern wird der Begriff noch geläufig sein: Anfang der 1960er Jahre lief im deutschen Fernsehen eine US-amerikanische Krimi-Serie mit dem Titel »77 Sunset Strip«.

Ebenfalls in den Sechzigern entwickelte sich der Sunset Strip zu einem Zentrum der Hippiebewegung, ähnlich wie *Haight-Ashbury* in San Francisco. Genauso bunt und skurril waren auch die Hausfassaden am Sunset Strip.

Das wohl legendärste Lokal auf dem Sunset Strip ist das *Whisky a Go Go*, der erste Rockclub von Los Angeles. Hier hatten Kultbands wie The Doors oder Alice Cooper ihre ersten Auftritte. Das Lokal machte in den 1960er Jahren den Begriff »Go-go Dancer« bekannt, indem es sogenannte »Go-go Girls« vortanzen ließ.

Weiter ging es zum *Staples Center* in Downtown Los Angeles. Die Multifunktionsarena erlangte vor allem durch einige Basketball-Turniere Bekanntheit. Auch Wrestling-Wettkämpfe, Konzerte und die Grammy-Verleihung finden in diesem Gebäude statt.

Unsere Fahrt durch Downtown Los Angeles führte vorbei an unzähligen Wolkenkratzern. Danach passierten wir *Chinatown*. Gesehen haben wir auch das *Original Pantry Cafe* in der S Figueroa Street. Von dem wohl berühmtesten Restaurant in Los Angeles wird behauptet, dass es seit seiner Eröffnung im Jahre 1923 noch nie geschlossen hatte. Ich weiß nicht, wie es während der Corona-Pandemie war.

Eine längere Pause gönnten wir uns am *Farmers Market*, der zu den beliebtesten Sehenswürdigkeiten von Los Angeles zählt. Wir nutzten die Gelegenheit, um dort ausgiebig Mittag zu essen. Die zahlreichen Marktstände und Restaurants boten eine riesige Auswahl an Speisen aus aller Herren Länder. Sicher war für jeden Geschmack etwas dabei.

Luzi haute wieder mal richtig rein. Sie kaufte sich etwas Leckeres an einem mexikanischen Stand. Zwar wusste sie nicht, was es war, aber sie verspeiste es genüsslich.

»Je weiter man in den Süden kommt, desto besser schmeckt das Essen«, stellte Luzi fest.

»Das liegt sicher am spanisch-mexikanischen Einfluss. Schließlich gehörte Kalifornien bis 1846 zu Mexiko, bevor es seine Unabhängigkeit erlangte und 1850 31. Staat der USA wurde.«

»Was du alles weißt, Josie. Ich bin richtig stolz auf dich.«

»Das hat doch eben unser Stadtführer erzählt. Hörst du denn gar nicht zu?«

»Der redet etwas leise. Ich habe nicht alles verstanden.«

»Ich glaube, du brauchst dringend ein Hörgerät.«

»Ach was, ein Hörgerät. Ich bin doch keine alte Frau.«

»Doch, doch, Luzi, das bist du.«

Nach dem Essen setzten wir unsere Stadtrundfahrt fort. Einer der Höhepunkte war ein Spaziergang am 4,5 Kilometer langen Sandstrand *Venice Beach*. Dieser kultige Ort an der Pazifikküste ist ein Muss für alle Besucher von Los Angeles. Sofort meldeten sich in mir Erinnerungen an das Hippie-Festival in San Francisco, denn auch auf der Strandpromenade *Ocean Front Walk* sahen wir viele durchgeknallte Typen.

Am *Boardwalk* befinden sich mehrere Volleyball-, Basketball- und Tennisplätze sowie Halfpipes für Skateboarder. Der *Muscle Beach* ist für seine Bodybuilding- und Fitnessstudios bekannt.

Auf unserer geführten Tour legten wir noch weitere interessante Stopps ein, etwa am *Rodeo Drive* in Beverly Hills, an der *Walt Disney Concert Hall* und in Santa Monica. Aber von Santa Monica habe ich ja schon berichtet.

Am Schluss besuchten wir das *Griffith-Observatorium*, das für mich die Hauptattraktion der gesamten Stadtrundfahrt bildete. Das Observatorium beherbergt ein bekanntes Planetarium. Außerdem kann man dort mehrere wissenschaftliche Ausstellungen besichtigen. Unter anderem sind Gesteinsbrocken vom Mond, Mars und von verschiedenen Meteoriten, ein Modell des Hubble-Weltraumteleskops und ein *Foucaultsches Pendel* zu sehen.

Vom Gebäude aus hatten wir einen fantastischen Panoramablick auf die gesamte Region von Los Angeles, vom Zentrum bis zur Bucht von Santa Monica.

Das *Griffith-Observatorium* diente schon oft als Drehort berühmter Filme, darunter »La La Land«, »Transformers«, »Terminator« oder »… denn sie wissen nicht, was sie tun«. Letzterer ist ein Kultfilm mit James Dean aus dem Jahr 1955. Der Schauspieler erhielt auf dem Gelände des Observatoriums sogar ein Denkmal.

Die geführte Stadttour verging wie im Fluge. Nach acht Stunden hatten wir die sehenswertesten Orte besucht. Unsere zwei hervorragenden Stadtführer können wir auf jeden Fall weiterempfehlen. Dass sie Deutsch sprachen, kam uns sehr entgegen. Inzwischen hatten wir uns zwar an die englische Sprache gewöhnt, jedoch nicht an die furchtbare amerikanisch-lässige Aussprache.

Apropos Sprache: Es gibt einige kleine Unterschiede zwischen dem britischen und dem amerikanischen Englisch. Ich denke da nur an das Wort »Toilette«. Während man in England getrost *Toilet* sagen kann, sollte man in Amerika lieber das Wort *Restroom* verwenden. Den Grund möchte ich lieber nicht nennen, den können Sie sich sicher denken.

Zum Abendessen fuhren wir wieder zum *Whole Foods*. Vermutlich waren uns in Beverly Hills einige Prominente über den Weg gelaufen, ohne dass wir es bemerkt hatten. Aber ungeschminkt würde ich sicher keinen Schauspieler und keine Schauspielerin erkennen. Mittlerweile sind wir ja auch berühmt und können mit denen dicke mithalten.

Tag 2 in Los Angeles

Für unseren Besuch in den *Universal Studios Hollywood* hatten wir einen ganzen Tag eingeplant. Das Areal, auf dem die Studios stehen, ist so groß wie ein Stadtbezirk, sie haben sogar eine eigene Postleitzahl.

Die Parkhäuser konnten wir leicht finden, da alles gut ausgeschildert war. Eigentlich brauchten wir nur den anderen Autos zu folgen. Denn wer sich hierher verirrt, hat nichts anderes vor, als den Themenpark der Film-Studios zu besuchen.

Der Haupteingang lag nur wenige Meter von unserem Parkplatz entfernt. Zunächst durchschritten wir eine Mall mit vielen Geschäften, Restaurants und einem Hard Rock Cafe.

Durch den Eingang zum Themenpark gelangten wir in den Upper Lot, den oberen Bereich der Studios. Dort nahmen wir an der knapp einstündigen Studio-Tour teil, die ein Highlight des Filmparks darstellt. Eine Tram mit drei aneinandergekoppelten Personenwaggons auf normalen Gummirädern, wie man sie auch bei Autos verwendet, bringt die Besucher zu mehreren Stationen.

Zunächst setzten wir die am Startpunkt verteilten 3D-Brillen auf. Dann ging es auch schon los. In der ersten Halle, die wir anfuhren, wartete ein Rundum-3D-Kino auf uns. Der Zug stand auf einer beweglichen Bühne und wir hatten den Eindruck, durch einen Dschungel zu fahren, in dem sich riesige Dinosaurier befanden. Auch King Kong konnten wir erkennen. Durch die 3D-Brille schien es so, als würden sie sich direkt auf uns zu bewegen.

Die Show wirkte ziemlich angsteinflößend, weshalb ich bald die Augen schloss und mich mit beiden Händen an Luzi festhielt. Wir wussten ja nicht, was noch alles kommen würde. Nein, wir waren dem unheimlichen Geschehen auf Gedeih und Verderb ausgeliefert. Nach einer gefühlten halben Stunde war der Spuk endlich zu Ende. In Wirklichkeit dauerte das Spektakel jedoch nur vier bis fünf Minuten und wir konnten unsere 3D-Brillen wieder absetzen.

Weiter ging die Fahrt durch unzählige Kulissen bekannter Hollywood-Filme. Der gut gelaunte Fahrer erklärte uns, dass viele davon mehrfach Verwendung fanden. Meist waren es Häuserfronten, die je nach Filmthema immer wieder anders geschmückt und hergerichtet wurden.

Beim nächsten Stopp gerieten wir in eine

Hochwassersimulation. Aus allen Richtungen strömte uns Wasser entgegen. Augenblicklich war die Straße überschwemmt und unser Gefährt steckte, zum Entsetzen der Fahrgäste, fest. Gott sei Dank lief das Wasser nach wenigen Augenblicken wieder ab und wir konnten unsere Fahrt fortsetzen.

Dann wurde es grausam. Wir fuhren langsam an einem See entlang. Dort sahen wir, wie der berühmte weiße Hai einen Taucher in die Tiefe zog. Das Wasser färbte sich blutrot und mir lief es eiskalt den Rücken hinunter. Als der Hai dann wie aus heiterem Himmel vor unserem Waggon auftauchte, rutschte auch dem Standhaftesten das Herz in die Hose. Schnell fuhren wir weiter, um einer weiteren Hai-Attacke zu entgehen.

Nach diesem Spektakel erreichten wir erneut eine Halle. Wieder stand der Zug auf einer beweglichen Bühne. Wir erkannten eine U-Bahn-Station.

Bevor wir uns richtig umsehen konnten, nahm die Katastrophe ihren Lauf. Ein lautes Getöse begann, die Erde bewegte sich, Wasser stürzte von oben herab und der Fußboden brach auseinander. Die Station begann zu brennen und zu guter Letzt entgleiste eine hereinfahrende U-Bahn neben uns und rutschte, auf der Seite liegend, direkt auf uns zu.

Luzi blieb fast das Herz stehen.

»Hilfe, wir werden alle sterben«, schrie sie. Ihr Gesicht war hochrot und ihre Augen weit aufgerissen.

»Keiner wird sterben. Beruhige dich, Luzi. Das ist doch alles nur gespielt, wie im Film. Du brauchst keine Angst zu haben. Es ist bald vorbei.«

»Ich steige hier aus. Das brauche ich mir nicht gefallen lassen. Die müssen doch spinnen. Eine alte Frau so zu erschrecken.«

»Bleib sitzen, Luzi. Mach dich nicht lächerlich. Schau mal, hier sind auch Kinder drin. Die haben keine Angst.«

»Die erlauben sich was. Da bezahlt man über 100 Dollar für den Eintritt und als Dank bekommt man vielleicht noch einen Herzinfarkt. Ich werde mich beschweren.«

»Und was willst du da sagen, ohne Dolmetscher?«

»Äh, das überlege ich mir noch.«

Glücklicherweise dauerte das Erdbeben nur einige Sekunden und wir waren froh, dass keiner von uns verletzt oder gar getötet wurde. Alle sind, im wahrsten Sinne des Wortes, noch einmal mit dem Schrecken davongekommen und wir konnten ohne Verluste weiterfahren.

Kaum hatten wir uns ein wenig von den Strapazen des Erdbebens erholt, standen wir auch schon vor dem *Bates Motel*. Hitchcock-Fans kennen das Motel aus dem Film »Psycho«. Zu allem Unglück kam dieser verrückte Typ, Norman Bates, gerade aus dem Haus. Er wollte eine Frauenleiche in den Kofferraum seines Straßenkreuzers laden. Als er uns sah, zückte er aus seinem Jackett ein langes Messer und rannte direkt auf uns zu. Noch nie in meinem Leben hatte ich solch eine Todesangst. Mein Herz schlug mir bis zum Hals und mir stockte der Atem. Quasi in letzter Sekunde, als ich gerade laut schreien wollte, bewahrte uns der routinierte Zugfahrer vor einem Massaker und wir entkamen rechtzeitig. Die Fahrgäste belohnten ihn mit einem tosenden Befall.

Ein letzter Höhepunkt der Studio-Tour waren die Kulissen aus dem Film »Krieg der Welten«. Unter anderem kamen wir an dem Wrack einer Boeing 747 vorbei. Gerade das Richtige für mich, wo es doch wenige Tage später wieder per Flieger in die Heimat ging. Der nachgestellte Flugzeugabsturz sah täuschend echt aus. Überall lagen rauchende Wrackteile verstreut. Was für ein Aufwand für knapp eine Filmminute. Diese

Filmkulisse hatte schon für viel Verwirrung gesorgt, da ein ein Pilot einmal einen Absturz gemeldet hatte. Sicher ist er das erste Mal über die Universal Studios geflogen. Daraufhin wurde das Wrack mit einer anderen Farbe versehen, die weniger an ein echtes Flugzeug erinnerte.

Nach dem Set zum Film »Krieg der Welten« endete die Studio-Tour. Doch die nächste Attraktion wartete bereits auf uns – die Stuntshow *WaterWorld*, die sich an den gleichnamigen Film mit Kevin Kostner anlehnt. Die aktionsreiche Show mit bekannten amerikanischen Seriendarstellern zählt aufgrund der aufwändigen Technik zu den besten der Welt. Sie dauert etwa eine halbe Stunde.

Natürlich kommen in den Universal Studios auch die Fans von Harry Potter auf ihre Kosten. *Harry Potter and the Forbidden Journey* lädt zu einer 3D-Fahrt durch die Welt des berühmten Magiers ein. Einen Themenpark inklusive eines Nachbaus (wo wir wieder beim Nachbau wären) bietet *The Wizarding World of Harry Potter*.

Wir ließen den Upper Lot hinter uns und fuhren mit der weltweit größten Rolltreppenkonstruktion, die sich über mehrere Ebenen erstreckt, hinab in den Lower Lot.

Im unteren Bereich können Studiobesucher

eine Bootsfahrt vorbei an Dinosauriern durch den »Jurassic Park« unternehmen. Die Attraktion »Revenge of the Mummy« bietet eine Achterbahnfahrt im Dunkeln und »Transformers – The Ride 3D« eine Fahrt mit 3D-Brille auf einem Fahrsimulator. Ein weiteres Highlight ist das Filmmuseum, in dem diverse Kulissen und Requisiten sowie das Auto aus dem Film »Zurück in die Zukunft« ausgestellt sind.

Ergänzen möchte ich, dass Luzi sämtliche Roller Coaster oder ähnliche Fahrgeschäfte in den Studios getestet hat. Bei derartigen Fahrgeschäften ist sie in ihrem Element. Ich habe auf solchen Bahnen, ehrlich gesagt, viel zu viel Angst. Eine ehemalige Sportlerin geht da sicher etwas lockerer heran.

Nach der Besichtigung des unteren Bereichs fuhren wir mit der riesigen Rolltreppe wieder hinauf. Zum Abschluss unseres Besuches bummelten wir durch historische Filmkulissen, die unter anderem das Pariser Viertel um das Moulin Rouge oder die Baker Street in London darstellen sollten.

Sie sehen, es ist nahezu unmöglich, alle Attraktionen in den Universal Studios an einem Tag zu erleben. Schon gar nicht in der Hauptreisezeit Juli und August. Außerdem entstehen zwischen den Vorstellungen manchmal längere Pausen. Am besten ist es, sich zuallererst über die Anfangszeiten der Attraktionen zu informieren und sich anschließend einen Plan zu machen.

Noch ein Tipp: Getränke sind in den Universal Studios sehr teuer. Es gibt aber die Möglichkeit, einen bestimmten Becher zu kaufen, den man recht preisgünstig immer wieder nachfüllen lassen kann. In der Hitze Kaliforniens sicher eine gute Lösung.

Der Tag in den Universal Studios war ganz schön anstrengend für uns, schließlich sind wir nicht mehr die Jüngsten. Trotz alledem hat es uns sehr gefallen. Noch einmal möchte ich aber nicht mehr dort hingehen, viel zu viel Trubel für mich.

Wir spazierten durch die kleine Mall wieder zurück zum Parkplatz. Bis zu unserem Hotel in Beverly Hills war es nicht sehr weit, leider gerieten wir in einen nervigen Stau. In und um Los Angeles ging der Verkehr wieder nur zähflüssig vorwärts.

Bevor wir in unser Hotel einkehrten, machten wir – wie gewohnt – Halt am *Whole Foods*. An unserem vorletzten Tag im Wilden Westen wollten wir uns ein Glas Wein gönnen. Wir kauften eine gute Flasche kalifornischen Rotwein, natürlich organic, und stießen auf unserem Balkon an.

Zurück nach Las Vegas – und ab ins Casino

Leider war die schöne Zeit in Los Angeles schon zu Ende. Der Abschied von der Stadt fiel uns schwer und ich musste an den Song von Sunrise Avenue »Bye Bye Hollywood Hills« denken.

Bye bye Hollywood Hills
I'm gonna miss you where ever I go
I'm gonna come back to walk these streets again
Remember that we had fun together
Bye bye rodeo girls
I'm gonna love you where ever I go
I'm gonna come back so we can play together
Bye bye Hollywood Hills forever

Den Weg von Los Angeles nach Las Vegas legten wir zum größten Teil auf der Interstate 15 zurück. Es war sehr heiß an diesem Tag. Vor allem, als wir am Rand der Mojave-Wüste entlangfuhren. Die Temperaturen kletterten zeitweise auf über 45 Grad Celsius. Bei der Hitze freuten wir uns über die gut funktionierende Klimaanlage in unserem Mietwagen.

Gegen Nachmittag erreichten wir wieder Las

Vegas. Bevor wir in unserem geliebten Hotel *Tuscany* eincheckten, besuchten wir das große Outlet-Center *Las Vegas South Premium Outlets*. Die Empfehlung hatten wir einem Reiseführer entnommen. Mit 140 Geschäften gehört es zu den größten und schönsten Outlet-Centern in Las Vegas. Nahezu alle gängigen Marken sind vertreten. Zudem liegt es am südlichen Las Vegas Boulevard sehr verkehrsgünstig. Selbstverständlich ist das Center klimatisiert und die Toiletten sind sauber. Sehr zu empfehlen ist der Foodcourt mit leckeren Speisen für jeden Geschmack.

Nun war der letzte Abend unserer Rundreise angebrochen und wir hatten immer noch nicht im Casino gespielt. Das wollten wir nun unbedingt nachholen. 100 Dollar als Startgeld sollten erst einmal genügen, schließlich waren wir beide Rentner.

Nach kurzem Überlegen entschieden wir uns für das *Mirage*. Die gesamte Hotelanlage ist im Stil eines tropischen Regenwaldes und mit Wasserfällen angelegt. Die Fenster sind mit echtem Goldstaub gefärbt. Am späten Abend kann man stündlich einen künstlichen Vulkanausbruch erleben. Das 1989 eröffnete Hotel ist vor allem berühmt durch die grandiosen Shows von Siegfried & Roy, die hier von 1990 bis 2003 mit fast

6.000 Auftritten über zehn Millionen Zuschauer begeisterten. Die Tiger, Löwen und Delfine der Künstler konnten damals noch im hoteleigenen Garten besichtigt werden.

Nach unserer Ankunft im Casino tauschten wir die 100 Dollar in Jetons um und teilten diese zu gleichen Teile unter uns auf. Dann suchten wir uns einen Roulette-Tisch aus, an dem nicht so viele Spieler saßen. Einige Minuten schauten wir dem Treiben zu, um ein wenig in Stimmung zu kommen.

Die Spielregeln dürften allgemein bekannt sein, sodass ich auf eine nähere Erläuterung verzichten werde. Trotzdem möchte ich erwähnen, dass die Zahlen auf dem Tableau beim amerikanischen Roulette etwas anders angeordnet sind als beim französischen. Als 38. Zahl ist zusätzlich noch die Doppelnull vorhanden.

»Komm, Josie, lass uns nicht länger warten«, drängelte Luzi. »Ich werde einfach mal auf Rot setzen. Da steht die Chance eins zu eins. Entweder es kommt Rot oder eben nicht.«

»Okay, aber im Falle des Gewinns wird dein Einsatz nur verdoppelt. Wenn du reich werden willst, musst du schon etwas riskieren.«

»Ach was. Kleinvieh macht auch Mist.«

Nachdem der Croupier »Make your bets!« gesagt hatte, durften die Spieler ihre Einsätze tätigen. Luzi platzierte den Mindesteinsatz, einen 5-Dollar-Jeton, auf Rot. Ich wartete noch.

Der Croupier setzte die Roulette-Scheibe in Bewegung und warf die Kugel gegen die Drehrichtung in den Zylinder. Nun durften die Spieler nur noch so lange setzen, bis der Croupier »No more bets« sagte.

Gespannt verfolgten wir die Kugel. Nach wenigen Sekunden blieb sie in einem Nummernfach liegen und der Croupier zeigte mit seinem Rechen auf die Gewinnzahl.

»Twenty-one Red«, sagte er laut.

»Gewonnen, ich habe gewonnen!«, freute sich Luzi.

»Anfängerglück«, sagte ich. »Laut Statistik wirst du das nächste Mal verlieren.«

»Dann spiele ich eben erst das übernächste Mal wieder.«

»Seltsame Logik.«

Der Croupier sammelte die verlorenen Jetons ein und teilte dann die Gewinne aus. Luzi bekam 5 Dollar hinzu, nahm sie jedoch sofort vom Tableau.

Bald stieg ich auch ins Spiel ein. Nachdem wir einige Male entweder auf Schwarz oder auf Rot getippt hatten, wurden wir etwas mutiger und setzten auf ein sogenanntes Dutzend. (Das Tableau ist in drei Dutzende eingeteilt: 1 bis 12, 13 bis 24 und 25 bis 36.)

Ab und zu setzten wir mehrere Spiele hintereinander aus. Die Zeit verging wie im Fluge. Es war bereits spät am Abend und eine junge Frau servierte uns jeweils einen kostenlosen Drink. Ich gab ihr 10 Dollar Trinkgeld. Der Drink war zwar umsonst, aber der Service musste bezahlt werden.

Unsere Gewinne und Verluste hielten sich nahezu die Waage, wobei das Verhältnis mehr in Richtung Verluste tendierte. Wieder einmal bewahrheitete sich die Tatsache, dass beim Roulette in der Regel nur die Bank oder eben der Croupier gewinnt. Es sei denn, man ist ein ausgesprochener Glückspilz. So fühlten wir uns leider nicht. Aber was nicht ist, kann ja noch werden.

Gegen Mitternacht hatten wir beide jeweils nur noch 10 Dollar und wir wollten alles auf eine Zahl setzen.

Plötzlich tippte mir jemand auf die Schulter. Ich drehte mich um. Es war wieder der schwarze Mann, der uns schon so oft in brenzligen Situationen begegnet war. Mittlerweile wunderte ich mich kaum noch über sein plötzliches Erscheinen.

Lächelnd sagte er: »Na los, traut euch mal was. Ich drücke euch die Daumen.«

Dann verschwand er im Getümmel der Menschen.

»Warum eigentlich nicht«, sagte ich zu Luzi. »Vielleicht hat unser Glücksbringer ja recht und legt bei Fortuna ein gutes Wort für uns ein.«

»Josie, du hast am 25. April Geburtstag. Komm, wir setzen mal aus Spaß 20 Dollar auf die 25. Entweder-oder. Alles oder nichts.«

»Okay, riskieren wir es. Und wenn wir verlieren, dann hatten wir wenigstens einen schönen und unvergesslichen Abend in Las Vegas.«

Die Kugel drehte sich und wir blickten gebannt auf den Zylinder. Als sie endlich im Nummernfach liegeblieb, trauten wir unseren Augen nicht. Es war tatsächlich die 25.

»Josie, wir haben die Bank gesprengt! Wir sind reich. Ich glaube, jetzt beginnt unsere Glückssträhne! Lass uns gleich noch mal spielen. Jetzt setzen wir mindestens 100 Dollar auf eine Zahl.«

»Lass das, Luzi. Das wollen die doch nur. Der Gewinner soll gleich alles wieder investieren. Die vertrauen darauf, dass der Spieler übermütig wird und seinen Gewinn sofort verliert. Wir sollten an dieser Stelle aufhören und uns über die 600 Dollar Gewinn freuen. Das sind bei einem

Einsatz von 100 Dollar für jeden von uns 300 Dollar. Komm, lass uns gehen.«

Eine junge Dame, oben ohne, kam an unseren Tisch und fragte, ob wir noch einen kostenlosen Drink möchten. Nach Mitternacht bedienen die Frauen vom Service in vielen Casinos ohne Oberteil. Damit wollen sie vor allem die Männer zum Weiterspielen animieren. Die versuchen es hier mit allen möglichen Tricks, dachte ich mir.

»Yes, please.«

Die Dame gab uns zwei Drinks und wir ihr 10 Dollar Trinkgeld – oder »Tip«, wie man bekanntlich in Amerika sagt.

Wir nippten an unseren Gläsern und schauten noch eine Weile zu, wie die meisten Spieler einen Dollar nach dem anderen verloren und sich dabei mächtig ärgerten. Das wollten wir vermeiden. Aber schadenfroh waren wir nicht. Nein, so etwas kennen wir nicht.

Jetzt war es an der Zeit, mit dem Spielen aufzuhören. Wir tranken unser Glas aus, schoben dem Croupier einen 20-Dollar-Jeton zu und verabschiedeten uns.

Schnell tauschten wir die Jetons in Geld um, nahmen die 680 Dollar und machten uns auf den Weg.

Wenige Meter vor unserem Hotel konnte ich

kaum glauben, was ich sah. Auf der anderen Seite stand erneut der rätselhafte schwarze Mann. Diesmal trug er einen schwarzen Anzug mit einer roten Krawatte. Er schaute zu uns herüber, klatschte in die Hände und winkte anschließend.

Was hatte das zu bedeuten? Hatte er vielleicht Anteil an unserem Gewinn? Aber wie sollte er das gemacht haben? Besaß er etwa übernatürliche Kräfte? Mir gruselte. Ich schaute schnell weg und tat so, als ob ich ihn nicht gesehen hätte.

Nach diesem erfolgreichen Abend konnten wir nun den letzten Punkt auf unserem Plan streichen. Rückblickend stellten wir fest, dass wir alle Punkte, die wir uns vorgenommen hatten, erfüllt haben. Wir waren rundum zufrieden. Unsere Rundreise war, trotz einiger gefährlicher Abenteuer, ein großer Erfolg.

Ab nach Hause

Der Abschied von Amerika fiel uns sehr schwer. In den ereignisreichen Wochen unserer Reise verliebten wir uns in die wunderschöne Natur und in die pulsierenden Städte voller gastfreundlicher Menschen. Vor allem aber gefiel uns die gefühlte Freiheit des Landes.

Wir packten unsere Sachen und verfrachteten die Koffer in den Jeep. Unsere Vorräte waren aufgebraucht und die leere Kühltasche ließen wir im Hotel neben dem Crushed-Ice-Automaten stehen. Sicher fand sie schnell einen neuen Besitzer.

Beim Auschecken fiel mir ein, dass wir noch die Pistole mit dem letzten Schuss im Auto hatten. Ich gab sie an der Rezeption ab, mit der Bitte, sie der Polizei zu übergeben. Keinesfalls wollte ich sie einfach in einen Papierkorb oder in die Landschaft werfen. Am liebsten hätte ich sie vernichtet, damit sie keinem Menschen mehr Schaden bringen konnte. Trotzdem waren wir stolz, mit dieser Waffe dazu beigetragen zu haben, dass wenigstens ein paar Gesetzesbrecher zur Strecke gebracht wurden.

Wir fuhren zum *Whole Foods* um dort ein letztes Mal lecker zu frühstücken. Danach gaben wir unseren Mietwagen zurück und ließen uns mit dem Shuttle zum Flughafen bringen. Unser Flug ging erst am Nachmittag, sodass wir noch eine Menge Zeit hatten.

In der Wartehalle blieb Luzi plötzlich wie angewurzelt stehen.

»Was ist denn?«, fragte ich.

Dann sah ich ihn auch.

Bill kam auf uns zu, er trug einen großen Koffer. Luzi blickte ihn mit feuchten Augen an und umarmte ihn.

»Bill, was machst du hier?«, fragte sie verwundert.

»Ja, was man eben auf einem Flughafen so tut. Ich möchte verreisen«, antwortete er. »Ich habe ständig an dich gedacht, Luzi, und hatte große Sehnsucht nach dir. Hättest du etwas dagegen, wenn ich ein paar Tage mit zu dir nach Deutschland komme? Du brauchst dir keine Umstände zu machen, ich nehme mir ein Hotel in deiner Nähe.«

»Ach was. Bei mir ist noch genug Platz.«

»Oh, das ist prima. Ich freue mich, Luzi. Vielen Dank. Zehn Jahre sind inzwischen vergangen, als ich das letzte Mal in Germany war. Ich bin gespannt, was sich dort alles verändert hat.«

Auf dem Flug nach Frankfurt passierte nichts Außergewöhnliches. Wir hatten diesmal Plätze am Fenster und Luzi schlief fast die ganze Zeit. Bill saß genau am anderen Ende des Fliegers. Das passiert, wenn man den Flug auf den letzten Drücker bucht.

Probleme hatten wir erst nach unserer Landung in Deutschland, weil wir uns wieder an die Zeitverschiebung gewöhnen mussten. Ich bin der Meinung, dass es in diese Richtung, also nach Osten, schlimmer ist mit dem Jetlag. Aber vielleicht ist das bei jedem Menschen anders.

Zu dritt verließen wir das Flughafengebäude. Auf den Weg zum Taxistand traute ich meinen Augen nicht. Vor uns lief schon wieder der schwarze Mann, dem wir in den letzten Wochen so oft begegnet waren. Verfolgte er uns etwa? Das konnte doch unmöglich Zufall sein!

Nun wollte ich es aber genau wissen.

»Jetzt reicht es mir!«, sagte ich zu Luzi. »Ich frage ihn, wer er ist.«

Bill sah mich verwundert an. Er wusste nicht, worum es ging.

Ich beschleunigte meine Schritte und tippte dem Mann auf die Schulter.

»Entschuldigung. Sie sagen mir jetzt auf der Stelle, wer Sie sind. Sonst rufe ich die Polizei.«

Wieder lächelte er. Wieder trug er das sportliche Outfit, wie auf dem Hinflug.

»Keine Hektik, Josie. Mein Name ist Guardian Angel. Ich habe meine Aufgabe erfüllt und jetzt Feierabend.«

Dann drehte er sich um und ging weiter.

Ich blieb wie zur Salzsäule erstarrt stehen. Jetzt erst begriff ich. Mir lief es eiskalt den Rücken hinunter. Konnte das wirklich wahr sein?

»Was ist mit dir, Josie? Ist dir nicht gut?«, fragte Luzi. Sie und Bill hatten unser kurzes Gespräch nicht mitbekommen.

»Weißt du, wer das war, der Mann, der uns dauernd verfolgt hat?«

»Nein. Woher soll ich das wissen? Etwa ein Verehrer? Oder gar ein Stalker?«

»Weder noch.«

»Na, sag schon. Wer war es?«

»Auf seinem Arm war aufgestickt: G. A.«

»Na und?«

»Es heißt ›Guardian Angel‹.«

»Und was heißt das auf Deutsch?«

»Schutzengel.«

»Ach was.«

»Am Ende ist alles ein Witz.«
(Charly Chaplin)

***

Wie turbulent es mit Luzi und Bill weiterging, erfahren Sie im nächsten Band meiner »Oma Josie«-Trilogie – falls es Sie überhaupt interessiert.

Leider bin ich nun am Ende meines Berichts von unserer Rundreise durch den Wilden Westen angekommen. Ich hoffe, es hat Ihnen gefallen und Sie haben etwas dabei gelernt.

Vielen Dank, dass Sie so lange durchgehalten haben. Es ist ja immer schwer, den Geschmack des Lesers zu treffen. Ich habe mir jedoch Mühe gegeben.

Liebe Leser, falls Sie Fragen haben, können Sie mir gern eine E-Mail schreiben:

oma-josie@web.de

Auf dem elektronischen Postweg nehme ich auch Anfragen von Regisseuren entgegen, die mein Buch gern verfilmen möchten. Man weiß ja nie.

Besuchen Sie mich auf meinem Youtube-Channel: Oma-Josie.